맥베스

맥베스
Macbeth

윌리엄 셰익스피어 희곡 권오숙 옮김

MACBETH
by WILLIAM SHAKESPEARE (1606)

이 책은 실로 꿰매어 제본하는 정통적인 사철 방식으로 만들어졌습니다.
사철 방식으로 제본된 책은 오랫동안 보관해도 손상되지 않습니다.

등장인물

던컨 스코틀랜드의 왕
맬컴, 도널베인 던컨의 아들
맥베스, 뱅쿠오 던컨의 장수
맥더프, 레녹스, 로스, 멘티스, 앵거스, 캐스니스 스코틀랜드의 귀족들
플리언스 뱅쿠오의 아들
시워드 노섬벌랜드 공작, 영국군의 장수
시워드 2세 시워드의 아들
세이튼 맥베스의 시종
소년 맥더프의 아들
영국 전의
스코틀랜드 전의
병사
문지기
노인

맥베스 부인
맥더프 부인
시녀 맥베스 부인의 시녀

헤카테
세 마녀

기타 영주, 귀족, 신하, 병사, 암살자, 시종, 전령들 및 뱅쿠오의 유령을 비롯한 환영들

장소

스코틀랜드와 영국(제4막 제3장)

제1막

제1장
(황야)

천둥과 번개가 친다. 세 마녀 등장.

마녀1 우리 언제 다시 만날까?

　천둥 칠 때, 번개 칠 때, 아니면 비 내릴 때?

마녀2 한바탕 소동이 벌어지고

　승패가 갈렸을 때 만나자.

마녀3 그럼 해 지기 전이겠구먼.　　　　　　　　　5

마녀1 어디서 만나지?

마녀2 　　　　　　　　황야에서 보자.

마녀3 거기서 맥베스와 만나자.

마녀1 곧 갈게, 야옹아.

마녀2 내 두꺼비도 부르네.[1]

마녀3 곧 간다고.　　　　　　　　　　　　　　10

마녀들 아름다운 것은 추한 것, 추한 것은 아름다운 것.[2]

안개 낀 더러운 대기 속을 날아다니자.   (퇴장)

제2장
(던컨 왕의 진영)

안에서 나팔 소리가 들린다.

던컨 왕, 맬컴 왕자, 도널베인 왕자,

레녹스와 시종들이 등장하여 피 흘리는 장수를 맞이한다.

던컨 피를 흘리고 있는 저자는 누구냐?

역모의 최근 상황을 알려 줄 법한

몰골이구나.[3]

맬컴   이자가 바로 저를 구하기 위해

충성스럽고 용감한 장수답게 싸웠던

그 부사령관입니다. 어서 오게, 용감한 친구.   5

자네가 떠날 당시의 상황을

폐하께 말씀드리게.

---

1 8행의 고양이와 9행의 두꺼비는 마녀1과 마녀2가 부리는 동물이다.

2 마녀들의 이 대사는 극 전체를 관통하는 셰익스피어의 세계관과 맞물려 있다. 세상의 어떤 현상이나 사물도 가변적이고 양면적이라는 의미와 일차원적이고 이분법적인 해석을 유보하려는 입장이 이 역설에 집약된다.

3 「맥베스」의 주제 가운데 하나는 〈외양과 내면의 괴리〉이며 던컨은 계속 외양을 통해 그 내면을 읽으려 하는 어리석은 인물로 제시된다.

장수　　　　　　　　　마치 지친 수영 선수 둘이

서로에게 들러붙어 상대의 기량을 발휘하지 못하게 하듯

승패를 가늠하기 어려운 상황이었습니다.

반역자답게 온갖 못된 성정을 다 지닌 잔인한 맥도널드는　　　10

서해 열도[4]에서 보병과 기병들을 소집하였사옵니다.

그놈의 못된 반역 행위에 미소 짓는 운명의 여신은

마치 반역자 편을 들어 주는 창녀 같았사옵니다.

하오나 그 모든 준비도

맹장 맥베스 장군을 대적하기에는　　　　　　　　　　　15

너무나 미약하였사옵니다.

진정 〈맹장〉이란 말을 들을 만한 그분은 운명을 경멸하며

방금 적을 처단한 핏기 어린 칼을 높이 쳐들고

용기의 화신답게 적을 베어 쓰러뜨리며 전진하여

마침내 그 노예 놈[5]과 맞닥뜨리자　　　　　　　　　　20

악수도, 작별 인사도 나누지 않고

배꼽에서 턱까지 베어

저희 진영 위에 그놈의 머리를 걸어 놓았습니다.

던컨　오, 용감한 나의 친척, 훌륭하도다.

장수　태양이 기우는 곳에서 배를 난파시키는 폭풍과　　　25

무시무시한 번개가 시작되듯이

안위가 샘솟는 듯하던 바로 그 샘물에서

액운이 솟아 나왔습니다. 폐하, 잘 들어 주시옵소서.

---

4 스코틀랜드 서쪽에 있는 헤브리디스 제도를 가리킨다.
5 맥도널드를 말한다.

용기로 무장한 정의의 군사들이 혼란에 빠진 적군을

꽁무니 빠지게 도망가도록 밀어붙이고 있을 때,   30

노르웨이의 왕은 이때가 기회다 싶었던지

갈고닦은 무기와 새로 징집한 군사들을 이끌고

새로 습격해 왔사옵니다.

던컨   그것이 우리 맥베스 장군과

뱅쿠오 장군을 당황케 하지 않았는가?

장수   그렇사옵니다.

마치 참새가 독수리를, 토끼가 사자를 당황케 하는 정도로   35

당황케 했습니다.[6] 사실을 아뢰자면,

그분들은 곱절로 탄약을 장전한 대포와 같았습니다.

그렇게 그분들은 곱절의 공격을 다시 곱절[7]로

적들에게 퍼부었습니다.

피를 내뿜는 상처들 속에서 목욕을 하려는 건지,   40

또 다른 골고다 언덕[8]을 만들려는 건지

알 수가 없을 정도로 —

제 정신이 몽롱하고 베인 상처들은 도움을 청하옵니다.

---

6 이는 반어법으로, 실제로는 두 사람이 전혀 당황하지 않았음을 의미한다.

7 이 극에서 〈double〉이라는 단어는 여러 가지 형태로 변형되며 셰익스피어의 그 어떤 극에서보다 많이 쓰인다. 이 대사에서도 〈double/doubly/redouble〉과 같이 여러 어형으로 세 번이나 사용됨으로써 셰익스피어가 이를 예사로이 사용한 것이 아님을 보여 준다.

8 예수가 십자가에 못 박혀 처형된 예루살렘 교외의 언덕으로 현재 그 위치는 분명하지 않다. 골고다Golgotha는 히브리어로 〈해골〉을 뜻하는데, 이는 언덕의 지형이 두개골과 비슷하기 때문이라고도 하고, 그 장소가 예로부터 공개 처형장이었기 때문이라고도 한다.

던컨 그대의 보고는 그대의 상처가 보여 주는 그대로구나.

보고도, 상처도 훌륭하도다. 어서 의사를 불러 주어라.   45

(장수가 부축을 받으며 퇴장)

로스와 앵거스 등장.

이자는 누구인가?

맬컴   로스 영주이옵니다.

레녹스 눈빛에 다급함이 가득한 것을 보니

심상치 않은 보고를 할 듯하옵니다.

로스   만수무강하옵소서.

던컨 그대는 어디서 왔는가?

로스   파이프에서 오는 길이옵니다.

그곳에서 노르웨이의 깃발들은 온 하늘을 조롱하며   50

우리 군사들에게 겁을 주고 있었사옵니다.

엄청난 군대를 거느린 노르웨이 왕은

불충하기 짝이 없는 반역자 코더 영주의 지원을 받아

무서운 공격을 감행했사옵니다.

그러나 벨로나 여신의 남편[9]이 갑옷을 입고 용기를 내어   55

칼에는 칼, 주먹에는 주먹으로 똑같이 대적하여

그의 허황된 용기를 꺾어 놓았사옵니다.

그리하여 승리는 결국

9 벨로나는 전쟁의 여신이다. 로스는 맥베스를 그녀의 남편으로 일컫고 있다.

아군 것이 되었사옵니다.

던컨   참으로 기쁜 일이다!

로스 이제 저 노르웨이의 스웨노 왕은   60

협상을 바라고 있사옵니다.

아군 측은 그가 세인트 콤[10]에서

우리에게 1만 달러[11]를 지불하지 않는 한

그 부하들을 매장하지도 못하게 할 것이옵니다.

던컨 코더 영주로 하여금 다시는 내 진심 어린 애정을   65

속이지 못하게 하리라. 지금 당장 그놈을 사형에 처하고

그의 작위를 맥베스 장군에게 하사하라.

로스 당장 거행하겠사옵니다.

던컨 코더가 잃은 것을 훌륭한 맥베스가 차지하였도다.[12]

(퇴장)

제3장
(황야)

천둥이 치는 가운데 세 마녀 등장.

10 스코틀랜드 에든버러 해협에 있는 작은 섬.

11 〈달러〉라는 화폐 단위는 1518년에야 주조된 것이다. 이 부분은 셰익스피어
극 속에 가끔 나타나는 시대착오적인 오류이다.

12 맥베스가 〈코더 영주〉라는 타이틀만 차지한 것이 아니라 그의 역심까지 지
니게 됨을 암시한다.

마녀1　자기, 어디 갔다 왔어?

마녀2　돼지 잡으러.

마녀3　자기는?

마녀1　어떤 뱃놈의 마누라가 치마폭에 밤톨을 담아서는

　　　우적우적 먹고 있는 거야. 그래서 〈나도 줘〉 했더니만,　　　5

　　　엉덩이만 큰 그 창녀 같은 년이 〈꺼져, 마녀야〉 소리치더군.

　　　그년의 남편은 타이거호의 선장인데 알레포[13]로 갔지.

　　　　　　난 체를 타고 그리로 가서

　　　　　　꼬리 없는 쥐처럼 놈을 골려 줄 거야.

　　　　　　골려 주고말고.　　　　　　　　　　　　　　　　10

마녀2　　내가 바람을 보태 줄게.

마녀1　　친절하기도 하지.

마녀3　　나도 바람을 줄게.

마녀1　　나머지 바람은 내가 다 가지고 있으니

　　　　　그 어떤 항구로 부는 바람이든 모두 가진 셈.　　　　　15

　　　　　그 바람들은 뱃놈의 지도에 나오는 지역을

　　　　　모두 알고 있지.

　　　　　내 그놈을 마른 풀처럼 말려 죽이고 말 터,

　　　　　낮에도 밤에도 그의 눈꺼풀 위에

　　　　　잠이 깃들지 못하게 할 터,　　　　　　　　　　　　20

　　　　　그놈은 저주받은 자처럼

　　　　　일곱 밤을 아홉의 아홉[14]으로 시달리며 살아

---

13 시리아의 주도. 예로부터 동서 교통의 요지가 되어 무역의 중심지로 번영하
였다.

몸이 오그라들고 여위고 수척해지고 말 터,

그놈의 배가 실종되게는 못 하더라도

끊임없이 태풍에 흔들리게 할 터,   25

내가 어떻게 할 건지 잘들 보라고.

마녀2 보여 줘, 보여 줘.

마녀1 자, 이게 집에 돌아오는 길에 난파당한

뱃놈의 엄지손가락이야.   (안에서 북소리가 들린다)

마녀3 북소리다, 북소리.   30

맥베스가 오나 보다.

마녀들 바다와 육지의 발 빠른 파발인

우리 불가사의한 세 자매들아,

손에 손을 잡고 빙글빙글 돌자꾸나.

너 세 번, 나 세 번,   35

또 세 번, 해서 모두 아홉 번을.

쉿, 주문이 걸렸다.

맥베스와 뱅쿠오 등장.

맥베스 이렇게 궂으면서도 아름다운 날은 처음 보는군.[15]

뱅쿠오 포레스까지는 얼마나 남았을까 ─ 이것들은 뭐지?

비쩍 마른 데다 옷차림은 거지꼴이라   40

14 일곱 밤은 일주일을 가리키므로 그 아홉의 아홉은 81주를 뜻한다.

15 이는 제1장에서 마녀들이 읊은 대사 〈아름다운 것은 추한 것, 추한 것은 아름다운 것〉에 대한 반향이라 할 수 있다. 이 말을 통해 〈주문이 걸렸다〉라는 마녀의 직전 대사대로 맥베스가 그들의 주문에 걸렸음을 알 수 있다.

지상의 존재 같지 않은데 지상에 있다니.

너희들은 살아 있는 것들이냐,

아니면 인간이 질문해도 되는 존재냐? 말을 할 때마다

가죽만 남은 입술에 터져 갈라진 손가락을 얹는 걸 보니,

내 말을 알아듣는 것 같구나.   45

여자임이 틀림없는데 수염이 있으니 꼭 그렇다고는

못 하겠군.[16]

맥베스   말을 할 수 있다면 대답해라. 너희들은 누구냐?

마녀1 맥베스 만세, 글램즈 영주 만세!

마녀2 맥베스 만세, 코더 영주 만세!

마녀3 맥베스 만세, 장차 왕이 되실 분 만세.   50

뱅쿠오 장군, 이렇게 듣기 좋은 소리에

왜 그리 놀라고 두려워하시오? ── 진실로 묻건대

너희들은 환영이냐, 아니면 보이는 그대로의 존재냐?

너희들이 이 훌륭하신 양반을 현재의 작위와

앞으로 가질 훌륭한 작위, 그리고 왕위에 오르리라는   55

엄청난 예언으로 맞이하는 통에 이 양반은 넋이 나갔다.

그런데 내게는 아무 말도 하지 않는구나.

만약 너희들이 시간의 씨앗을 들여다볼 수 있어

어떤 씨가 자라고, 자라지 않을지를 안다면

내게도 말해 다오. 나는 호의를 구걸하지도,   60

악담을 두려워하지도 않으리라.

16 이 극에서 마녀들은 유형이기도 하고 무형이기도 하며 여자이기도 하고 남자이기도 한 애매모호한 존재로, 규정이 불가능하다.

마녀1 만세!

마녀2 만세!

마녀3 만세!

마녀1 맥베스보다는 못하나 더 위대하도다.   65

마녀2 맥베스보다는 못하나 더 행복하도다.

마녀3 왕이 되지는 못하나 후손이 왕이 되리니.[17]

　　　그러니 맥베스와 뱅쿠오 모두 만세!

마녀1 뱅쿠오와 맥베스 모두 만세!

맥베스 거기 서라, 이 애매모호하게 말하는 것들아.   70

　　더 자세히 말해 봐라. 선친 파이널[18]이 돌아가셨으므로

　　내가 글램즈 영주인 것은 옳다. 하지만 코더 영주라니?

　　코더 영주는 멀쩡히 살아 잘나가고 있지 않느냐?

　　게다가 왕이라니? 그건 코더 영주보다도 믿기 어려운 말.

　　어디서 이런 해괴한 정보를 주워들은 것인지 말해라.   75

　　아니면 도대체 왜 이 황량한 황야에서 우리의 길을 막고

　　그런 예언 가득한 인사를 했는지

　　말해라, 명령이다.   (마녀들 사라진다)

뱅쿠오 육지에도 바다처럼 거품이 있다면

　　바로 이것들이로구나. 어디로들 사라진 거요?   80

---

17 마녀들의 이 예언 또한 대단히 역설적이지만 맥베스와 뱅쿠오가 겪게 될 미
래를 내다본 데서 나온 적확한 예언이라 할 수 있다. 그러나 맥베스와 뱅쿠오는
이들의 언술을 이해할 능력이 없다. 마녀들의 예언은 인간의 사고로는 온전히 이
해할 수 없는 일종의 신탁(神託)과 같이, 표면적 의미 이면에 또 다른 의미가 숨겨
져 있다.

18 맥베스 아버지의 이름.

맥베스 허공으로 사라졌소. 입김이 바람에 사라지듯

그렇게 사라져 버렸소. 정말 우리 앞에 있었다면 말이오.

뱅쿠오 우리가 말하는 그것들이 진짜 여기에 있었던 거요,

아니면 우리가 이성을 사로잡는

미치광이 나무뿌리라도 먹은 거요?   85

맥베스 장군의 자제들이 왕이 된다오.

뱅쿠오   장군은 왕이 되고요.

맥베스 코더 영주도 된다 했소. 안 그렇소?

뱅쿠오 바로 그렇게 말했고말고요. 저게 누구지?

로스와 앵거스 등장.

로스 맥베스 장군, 폐하께서 장군의 승전 소식을

기쁘게 들으셨소. 장군이 반란군 앞에서 보여 준   90

용맹에 대한 보고서를 읽으시고는

한편으로는 놀라시고 또 한편으로는 경탄하시어

뭐라고 해야 하실지 몰라 말을 못 이으시고

그날의 나머지 전황을 묵묵히 읽으시다가

장군이 강력한 노르웨이 군대에 뛰어들어   95

자신의 행동에 대한 두려움도 없이

기이한 죽음의 형상들을 만들었다는 것을 아셨소.

전령들이 잇달아 소식을 전하며 한결같이

장군이 나라를 지키기 위해 싸운 것에 대한 칭찬을

폐하 앞에 쏟아 내었소.

앵거스   우리는   100

장군께 폐하의 감사를 전하고

장군을 폐하 앞에 모셔 가려고 왔을 뿐,

포상은 폐하께서 내리실 것이오.

로스   폐하께서는 더 명예로운 영광의 증거로

장군을 코더 영주라 부르라고 명하셨소.   105

그 직함으로 인사드리오, 훌륭하신 코더 영주여.

이것이 장군의 호칭이오.

뱅쿠오   아니, 악마가 진실을 말하다니!

맥베스   코더 영주는 엄연히 살아 있소. 그대들은 왜 내게

남의 옷을 입히는 거요?[19]

앵거스   코더 영주였던 그자가

아직 살아 있는 것은 사실이나 엄명에 의해   110

곧 죽게 될 것이오. 그자가 노르웨이 군과 연합했는지

반란군[20]에 남몰래 도움을 주었는지

아니면 두 가지 모두를 도모하여

나라를 망치려고 했는지는 모르오만,

대역의 죄를 스스로 고백했고 입증도 되어서   115

그자는 파멸했소.

맥베스   (방백) 글램즈 영주에 코더 영주라.

그럼 가장 중요한 것만 남았구나.

---

19 「맥베스」에서는 종종 옷의 이미지를 이용하여 정체성의 괴리 현상을 은유적으로 보여 준다.

20 역모를 일으킨 맥도널드 군대를 뜻한다.

(로스와 앵거스에게) 수고들 하셨소.

(뱅쿠오에게) 그대 자손들이 왕이.되리라 희망해도 되겠군.

내게 코더 영주라는 작위를 예언했던 그것들이

그리 예언하지 않았소?

뱅쿠오   그렇게 곧이곧대로 믿다간   120

코더 영주뿐 아니라 왕관까지도 탐내시겠소.

어쨌든 이상한 일이긴 하군.

흔히 어둠의 앞잡이들은 우리의 마음을 사로잡아

해코지할 목적으로 진실을 말하는 법이오.

즉, 사소한 진실로 우리의 마음을 산 뒤   125

중대한 일에서 우리를 속이는 것이오.

두 분, 저랑 얘기 좀 하실까요.

맥베스   (방백) 사실로 밝혀진 두 가지가

마치 〈왕권〉이라는 주제를 지닌 가슴 벅찬 연극의

즐거운 서막과 같구나 — 두 분, 고맙소.

(방백) 이 불가사의한 것들의 유혹은   130

나쁜 것도, 좋은 것도 아니야.

만약 나쁜 것이라면, 내게 진실을 먼저 말함으로써

성공의 확신을 왜 주었겠는가?

그들의 말대로 난 코더 영주가 되었다.

또 만약 좋은 것이라면, 왜 그것을 생각하면   135

무서운 생각이 떠올라 머리카락이 뒤엉키고

평온하던 가슴이 자연의 순리에 맞지 않게

갈빗대까지 방망이질한단 말인가?

무서운 상상에 비하면 눈앞의 공포는 아무것도 아닌 법.
시역(弑逆)은 아직 상상에 불과한데도   140
그 생각이 나의 미약함을 흔들어 대고
모든 기능이 추측 속에 질식해 헛것만 보이는구나.

뱅쿠오 장군이 넋 나가 있는 것 좀 보시오.

맥베스   (방백) 만약 운명이
나를 왕으로 만들어 줄 거라면 내가 노력하지 않아도
왕관을 씌워 주겠지.

뱅쿠오   자꾸 입어 익숙해질 때까지는   145
새 옷이 우리 몸에 잘 맞지 않듯이
새로운 명예가 그에게 그런 것 같소.

맥베스   (방백) 올 테면 와라.
비바람이 아무리 거세게 불어도 시간은 흐르는 법이니.

뱅쿠오 맥베스 장군, 다들 기다리고 있소.

맥베스 아, 미안하오. 잊었던 일이 떠올라   150
넋이 나가 있었소. 친절하신 두 분의 수고는
잘 새겨 두고 늘 기억하도록 하겠소.
폐하께 갑시다.
(뱅쿠오에게) 오늘 있었던 일은 좀 더 시간이 있을 때
곰곰이 생각해 보고   155
허심탄회하게 얘기를 나눠 봅시다.

뱅쿠오   그러고말고요.

맥베스 그때까진 그만합시다 — 자, 다들 가시지요.   (퇴장)

24

제4장

(포레스, 궁전의 어느 방)

화려한 취주 소리. 던컨 왕과

맬컴 왕자, 도널베인 왕자, 레녹스, 시종 등장.

던컨 코더 영주의 사형은 집행되었느냐? 어떠냐?

　임무를 맡은 자들은 돌아왔느냐?

맬컴 　　　　　　　　　　아직

　돌아오지 않았사옵니다, 폐하.

　그러나 그의 사형을 지켜본 자의 말에 의하면

　그자는 자신의 역모를 아주 솔직히 고백하고　　　　　　　5

　폐하의 용서를 빌었으며 진정 후회하였다 하옵니다.

　생전의 그 어떤 모습보다도

　죽을 때에 가장 그다웠다고 합니다.

　그는 자신이 소유한 것 중 가장 소중한 것[21]을

　아주 사소한 것인 양 버리는 법을 연구한 사람처럼　　　10

　죽었다 하옵니다.

던컨 　　　　　얼굴만 보고

　사람의 마음을 알 길은 없구나.

　나는 그자를

　절대로 믿었었다 ─

21 목숨, 생명.

맥베스, 뱅쿠오, 로스, 앵거스 등장.

오, 훌륭하기 그지없는 친척!
짐의 배은망덕이 마음을 짓누르는구려.   15
장군의 무훈이 너무 앞서 가니, 아무리 보답을 서둘러도
장군의 무훈을 따라잡지 못하겠구려.
장군이 무훈을 조금만 덜 세웠더라면
짐의 감사 표시도, 보답도 마땅했을 텐데.
짐이 할 말은 장군의 무훈을   20
그 어떤 보상으로도 갚을 길이 없다는 것뿐이오.
맥베스 무훈과 충성은 그 자체로 소신들의 기쁨이니,
폐하께서는 그저 소신들의 의무를 받으시면 되옵니다.
소신들에게는 왕실의 자손이자 신하로서
폐하의 권좌와 왕국을 보호할 의무가 있으니   25
그저 폐하의 사랑과 명예를 안전하게 보전하기 위해
필요한 모든 것을 다하는 것뿐이옵니다.

던컨   잘 왔소.
이제 그대라는 나무를 심었으니 무성히 잘 자라도록
돌보아 주겠소. 그리고 훌륭한 뱅쿠오 장군,
그대의 무훈 또한 맥베스 장군 못지않으니 그 사실이   30
널리 알려져야 하오. 자, 그대를 짐의 가슴에
꼭 안아 보게 해주시오.
뱅쿠오   소신이 폐하의 품에서 자란다면
그 수확물은 폐하의 것이옵니다.

던컨　　　　　　　　　　　너무 기쁘고 벅차

눈물이 나오려 하는구려.

나의 아들들, 근친들, 영주들, 그리고 가까운 친지들은　　　　35

모두 알지어다.

과인은 장자인 맬컴 왕자를 세자로 책봉하고

이제부터 그를 컴벌랜드 공[22]이라 부를 것이다.

이 영예는 왕자에게만 부여되는 것이 아니고,

명예의 표시가 모든 공신들 머리 위에서　　　　40

별빛처럼 빛나게 할 것이다.

(맥베스에게) 지금부터 인버네스[23]로 갈 터이니

또다시 장군에게 수고를 끼쳐야겠소.

맥베스　폐하의 소용이 되지 못하는 휴식이 더 괴롭습니다.

소신이 선발대가 되어 폐하께서 납신다는 소식을　　　　45

소신의 아내에게 기쁘게 전하겠사옵니다.

그럼, 물러가겠습니다.

던컨　　　　　　　　　　훌륭하기 그지없는 코더 영주요.

맥베스　(방백) 컴벌랜드 공이라! 나의 갈 길에 놓여 있으니

걸려 넘어지든가 아니면 뛰어넘어야 할 장애물이구나.

별들이여, 빛을 감추어라.　　　　50

그 빛이 내 마음속 깊은 곳의 검은 욕망을 보지 않도록.

눈은 손의 행위를 외면하나, 그 일은 거행되어야 한다.

---

22 스코틀랜드의 왕위는 세습제가 아니었고, 왕이 생전에 계승자를 지목하여
〈컴벌랜드 공〉이라 임명하면 그에게 왕위가 계승되었다.
23 맥베스의 성이 있는 스코틀랜드의 마을.

눈이 보기를 두려워할 그 일은.   (퇴장)

던컨 진실하고 훌륭한 뱅쿠오 장군, 맥베스 장군은
정말 용감하구려. 그의 칭찬은 물리게 들었소.   55
그 칭찬들은 과인에게 맛난 향연과 같은 것이오.
자, 우리를 환영하기 위해 앞서 간 장군을 따라갑시다.
누구와도 비길 데 없는 자요.[24]   (취주 소리와 함께 퇴장)

제5장
(인버네스, 맥베스 성의 어느 방)

맥베스 부인이 편지를 읽으며 등장.

맥베스 부인   (편지를 읽는다)
나는 승전일에 그들을 만났소. 그리고 사람들이 알
고 있는 것보다 더 많은 것을 알고 있는 그들의 완
벽한 예언을 통해 알게 되었소. 난 좀 더 물어보고
싶었으나 그들은 곧 허공으로 사라져 버렸소. 그런
데 내가 놀라 서 있던 중에, 나를 코더 영주라는 작   5
위로 맞이하라는 왕의 전갈이 온 거요. 그 불가사의
한 마녀들이 내게 인사했던 바로 그 작위 말이오.
그들은 〈만세, 장차 왕이 되실 분〉이라는 인사로 나

---

24 맥베스의 방백을 통해 그의 충성스러운 외양에 반하는 내면의 권력욕을 목
격한 관객들에게 이러한 던컨의 맥베스 읽기는 극적 아이러니를 불러일으킨다.

의 앞날에 대해서도 언급하였소. 나는 이러한 영광
을 부인에게 알려 주어, 부인이 어떤 영광이 약속되   10
었는지 모르게 둠으로써 마땅히 즐겨야 할 기쁨을
앗아서는 안 되리라 생각했소. 그 사실을 가슴에 새
겨 두길 바라며 이만 맺겠소.

당신은 글램즈 영주요, 코더 영주이시며
약속된 것도 이루어질 것입니다. 다만 나는   15
당신의 성정이 걱정입니다. 지름길을 택하기에는 너무
인정이 많으시지요. 당신은 위대해지고 싶어 하십니다.
야망이 없는 것은 아니나 야망에 따르는 사악함이 없습니다.
높은 자리에 오르길 바라시지만 고상한 방법으로
그리되길 원하십니다. 속임수는 쓰고 싶지 않아 하면서   20
속여서라도 얻고 싶어 하십니다. 위대하신 글램즈 영주여,
당신은 그걸 가지려면 〈그렇게 해야 해〉라고 외치는 것을,
안 하길 바라는 것이 아니라 하기를 두려워하는 것을
가지고 계십니다.
위대하신 글램즈 영주여, 어서 오세요.   25
제가 당신의 귀에 기백을 불어넣고, 내 강한 혀로
운명과 초자연적인 도움이 당신의 머리에 씌우려는
금관을 향해 가는 그 길에 방해가 되는 것들을
모두 혼내 주겠어요.

전령 등장.

무슨 일이냐?

전령 폐하께서 오늘 이리로 납시신답니다.

맥베스 부인   무슨 헛소리냐?   30

나리께서 폐하와 함께 계시지 않더냐?

네 말대로라면 나리가 준비하라고 알려 주셨을 텐데.

전령 마님 말씀대로입니다. 나리께서는 지금 오고 계시고

같이 오던 일행 중 한 명이 앞질러 왔습니다.

그자는 숨이 차서 거의 죽을 지경이라   35

나리의 전언만 간신히 전했습니다.

맥베스 부인   그자를 잘 돌봐 주어라.

대단한 소식을 가져왔구나.   (시종 퇴장)

                                        까마귀마저 목쉬게 울어 대며

던컨이 죽으러 내 성벽 안으로 들어온다 알린다.[25]

자, 사악한 생각을 돕는 악령이여,

이리 와서 나의 여성성을 제거하고 머리부터 발끝까지   40

온통 무시무시한 잔인함으로 채워 다오.

내 피를 응고시켜 연민의 입구와 통로를 막고,

꺼림칙한 천륜의 정이 나의 이 무서운 의도를

흔들지 못하게 할 것이며,

그 시도와 결과 사이에 평화가 깃들지 못하게 할지어다.   45

내 가슴을 젖 대신 담즙으로 채워 다오.[26]

25 이 극에는 왕의 시해라는 끔찍한 극 행위의 어둡고 음험한 분위기를 살려
주는 공감각적 이미지들이 대단히 많이 사용되고 있다. 이 부분에서도 홍조인 까
마귀의 목쉰 울음소리라는 청각적 이미지로 음침한 분위기를 전달한다.

26 셰익스피어는 여성성을 〈연민, 천륜, 인정〉과 같은 성향으로, 그리고 남성성

너희 살인을 주관하는 자들이여, 너희는 보이지 않는 형체로
어디에서나 자연의 못된 짓을 거드는도다.
어두운 밤이여, 어서 와서 그 음침하기 이를 데 없는
지옥의 연기로 너 자신을 휘어 감아라.   50
나의 날카로운 칼이 자신이 만든 상처를 보지 않도록,
밤의 장막을 통해 내려다본 하늘이 〈멈춰라, 멈춰〉 하고
외치지 않도록.

                            맥베스 등장.

                  위대한 글램즈 영주여, 훌륭한 코더 영주여,
다가오는 인생에서는 그 둘보다
더 위대한 이름으로 불리실 분이여.[27]   55
당신의 편지가 나를 아무것도 모르던 현실에서 깨워
단번에 미래를 느끼게 했습니다.

맥베스   사랑하는 부인, 던컨 왕이
오늘 밤 이곳으로 납시오.

을 〈잔인함, 야심〉과 같은 성향으로 파악하고 있다. 〈젖〉이란 여성성을 은유하고
〈담즙〉이란 남성성을 은유한다.
　27 맥베스 부인은 여러 가지 면에서 마녀들과 긴밀히 연결되어 있다. 왕의 시해
라는 무서운 계획을 실행하기 위해 자신에게서 여성적인 면을 제거해 달라고 기
도를 올린 맥베스 부인은 수염 달린 마녀들과 함께 성(性)을 애매모호하게 만듦
으로써 위험스러운 존재가 된다. 맥베스를 맞이하면서 하는 이 인사는 마녀들이
황야에서 맥베스에게 했던 인사의 반향이다. 맥베스 부인은 마녀들이 사라진 곳
에서 그들의 역할을 대신하며, 마녀들이 불붙인 맥베스의 야망이 거듭되는 도덕
적·윤리적 명상과 갈등으로 꺼져 갈 때 이를 되살린다.

맥베스 부인   그분은 언제 떠나시나요?

맥베스 계획대로라면 내일 떠나시오.

맥베스 부인   오, 태양[28]은

내일을 보지 못할 것입니다! 여보, 당신의 얼굴은   60

수상한 것이 쓰여 있는 책과 같으세요.

사람들을 속이려면 남들과 같은 표정을 지어야 합니다.

당신의 시선에, 손길에, 언어에 환영의 뜻을 담으세요.

순진한 꽃처럼 보이시되,

그 밑에 도사리고 있는 뱀처럼 행동하십시오.[29]   65

오실 분을 맞을 준비를 해야 합니다.

오늘 밤의 거사는 제게 맡기세요.

그 일은 앞으로 남은 우리의 삶에

대단히 크고 중요한 영향을 주게 될 것입니다.

맥베스 나중에 다시 얘기합시다.

맥베스 부인   밝은 표정만 지으세요.   70

표정을 바꾸는 것은 두려움의 표시입니다.

나머지는 모두 제게 맡기십시오.   (퇴장)

28 전통적으로 태양은 왕을 상징한다.
29 〈외양과 실재의 괴리〉에 대한 은유 중 하나.

제6장
(같은 곳, 성 앞)

오보에 소리와 횃불. 던컨 왕, 맬컴 왕자, 도널베인 왕자,

뱅쿠오, 레녹스, 맥더프, 로스, 앵거스, 시종들 등장.

던컨 성이 아주 쾌적한 곳에 자리 잡았구려.

과인이 느끼기에, 신선한 공기가

아주 잘 통하고 있는 것 같소.

뱅쿠오   사원을 드나드는

여름의 길손인 제비의 사랑스러운 둥지를 보면

이곳의 공기가 아주 좋다는 것을 알 수 있습니다.   5

제비는 추녀 끝이나 기둥머리, 버팀벽, 모서리 등

괜찮은 곳이면 어디에나 그들의 늘어진 둥지와

새끼들을 위한 요람을 만드옵니다.

제가 관찰한 바로는 그것들이 새끼를 낳고 사는 곳은

공기가 맑사옵니다.

맥베스 부인 등장.

던컨   보시오, 오늘의 안주인이시군.   10

과인을 따라다니는 사랑이 때로는 귀찮기도 하지만

과인은 그것을 사랑이라 여기기에 고마워하오.

부인의 노고를 신께 감사드리고, 부인에게 이런 수고를

끼치는 것을 감사히 여겨 주길 바라오.

맥베스 부인   모든 점에서
곱절로 준비하고 거기에 또 곱절을 한다 해도[30]   15
폐하가 저희 집안에 내려 주신 넓고 깊은 은총에 비하면
저희의 모든 봉사는 미약할 뿐이옵니다.
예전에 내리신 은총에다
최근에 내리신 또 다른 영예에 대한 보답으로 소신들은
폐하의 만수무강을 빌 뿐이옵니다.

던컨   코더 영주는 어디 있소?   20
과인은 그를 앞질러 와서 맞이할 심산이었으나
그가 말을 워낙 잘 타고 그 애정이 그의 박차만큼이나 강해
우리보다 먼저 집에 당도하게 만들고 말았소.
아름답고 고귀하신 부인,
오늘 밤 부인께 신세 좀 지겠소.

맥베스 부인   폐하의 신하인 저희들은   25
저희의 것은 물론 저희 자신까지도 폐하가 원하실 때면
언제든지 폐하의 것으로 돌려 드리기 위해
존재하는 것이옵니다.

던컨   부인의 손을 주시오.
나를 장군에게 데려다 주시오. 과인은 장군을
진정 사랑하고, 그 사랑에는 변함이 없을 것이오.   30
그럼 갑시다, 부인.   (퇴장)

---

30 맥베스 부인도 이 대사에서 〈double〉이라는 단어를 반복적으로 사용하고
있다. 각주 6번 참조.

제7장
(같은 곳, 성의 어느 방)

오보에 소리와 횃불. 급사장 한 명과 많은 하인들이
요리를 들고 등장. 맥베스 등장.

맥베스 해치워 버려서 모든 게 끝나는 일이라면

서둘러 해치우는 것이 좋겠지.

왕의 암살로 그 결과를 다 거두어들이고

그의 서거로 성공을 낚을 수만 있다면,

이 한 방이 전부이며 이승, 이 시간의 둑과 여울목에서   5

모든 것이 끝난다면 내세의 삶은 신경 쓰지 않겠다.

그러나 이러한 경우에 우리는 현세에서 심판을 받는다.

현세에서 우리가 피비린내 나는 일을 가르치면

그것은 가르친 자에게 되돌아오지.

공정한 정의의 여신은   10

우리가 부은 독배를 우리의 입술에 붓는다.[31]

왕은 이중의 믿음을 갖고 이곳에 왔다.

우선 나는 그의 친척이자 신하이니

절대 그런 짓을 도모할 리 없다는 믿음.

두 번째는 암살자를 막기 위해 문을 잠글 집주인이   15

31 그 구체적인 예를 「햄릿」에서 찾아볼 수 있다. 햄릿을 독살하기 위해 독주를
준비한 숙부 클로디우스는 결국 햄릿이 억지로 마시게 한 그 독주에 의해 죽음을
맞는다.

직접 칼을 드는 경우는 없다는 믿음.

게다가 던컨은 후덕한 성정을 지녔으며

그의 공적은 분명해서,

그의 목숨을 거둬 간 끔찍한 악행에 대해

그의 미덕은 천사들의 나팔 소리처럼 탄원할 것이다.   20

또한 동정의 목소리는

돌풍에 걸터앉은 벌거숭이 갓난아이처럼,

혹은 보이지 않는 대기의 준마를 탄 하늘의 천사처럼

그 끔찍한 악행을 모든 이들의 눈 속에 불어넣어

눈물로 바람을 익사시킬 터.   25

내 의도에 박차를 가할 근거는 어디에도 없구나.

그저 야망만이 혼자 날뛰다

반대쪽으로 고꾸라질 뿐.

맥베스 부인 등장.

          무슨 일이오? 무슨 일이라도 있소?

맥베스 부인 왕께서 곧 식사를 끝내세요. 왜 나와 계세요?

맥베스 나를 찾으시오?

맥베스 부인   그러시리란 걸 모르세요?   30

맥베스 이 일은 더 이상 진척시키지 맙시다.

폐하는 최근 내게 은혜를 베풀어 주셨소.

게다가 나는 모든 이들로부터 좋은 평판을 받아 왔소.

이제 막 새로운 명성을 얻었는데

그리 빨리 버릴 순 없소.

맥베스 부인   당신 스스로 지녔던 희망은   35

술 취한 탓이었나요? 그러고는 잠들어 버렸나요?

깨어나 다시 보니, 아까 그리 쉽게 보이던 것들이

이제는 두렵게 보이시나요?

이제부터 당신의 사랑도 그러리라 생각하겠어요.

당신이 욕망하는 만큼 용기를 내 행동하는 것이   40

두려우신 건가요?

인생의 멋진 장신구라 여기는 것을 갖고 싶어 하면서도

스스로 겁쟁이라 평가하며 속담 속의 불쌍한 고양이[32]처럼

하고 싶은 것을 하지 못한 채

겁쟁이처럼 사시렵니까?

맥베스   제발 그만하시오.   45

인간이 할 짓이라면 뭐든 하겠지만

그보다 더한 짓을 하려는 자는 인간이 아니오.

맥베스 부인   그렇다면

아까 이 일을 내게 털어놨던 건 어떤 괴물이었나요?

그 일을 하려 했을 때, 당신은 사내였죠.[33] 또한 그보다

더한 일을 해낼수록 그만큼 더 사내다워질 겁니다.   50

아까는 때도 장소도 지금처럼 맞아떨어지지 않았지만

당신은 둘 다 만들어 내려 했어요. 그런데 지금

---

32 〈물고기를 먹고 싶어 하는 고양이가 발을 물에 적시기는 싫어한다〉는 속담.

33 셰익스피어는 〈*man*〉이라는 단어가 지닌 이중적 의미를 가지고 말장난을 하고 있다. 바로 위의 대사에서 맥베스는 〈인간〉의 의미로 사용하나 이 대사에서 맥베스 부인은 남자에만 국한된 〈사내〉라는 뜻으로 사용한다.

저절로 딱 맞아떨어지자 용기를 잃고 마시네요.

저는 젖을 빨려 보았으므로

제 젖을 빠는 아기를 사랑하는 것이 얼마나 행복한 일인지   55

알고 있어요. 하지만 제가 당신처럼 맹세했더라면,

그 아기가 제 얼굴을 보고 방글거리더라도

전 이도 안 난 잇몸을 젖꼭지에서 뽑아내고

머리통을 깨버렸을 겁니다.

맥베스   만약 실패하면?

맥베스 부인 실패한다고요?   60

당신이 용기만 다 낸다면 실패할 리가 없어요.

하루 종일 힘든 여행을 했으므로

던컨 왕은 곤히 잠들 겁니다.

두 명의 시종들에게는 포도주와 술을 자꾸 권해

뇌의 감시인인 기억력을 증발시키고   65

이성을 담는 그릇도 증류수로 만들겠어요.

취한 그들이 돼지처럼 잠들어

죽은 듯 누워 있을 때

누구의 보호도 받지 못하는 던컨 왕에게

당신과 내가 못할 일이 뭐가 있겠어요?   70

이 술 취한 자들에게

우리가 저지른 살인죄를 뒤집어씌우지 못할 게

뭐가 있겠어요?

맥베스   사내아이만 낳으시오! 당신의

그 대담한 기질로는 사내아이밖에 만들지 못할 테니.

왕의 방에서 잠든 그놈들을 피로 칠하고

그들의 단도를 사용하면

다들 그들의 소행이라

생각하겠지?

맥베스 부인　　　누군들 감히 아니라 생각하겠어요?

우리가 그의 죽음을 알고

울고불고할 텐데 말이에요.

맥베스　　　　　　　　　이제 결심했소.

이 끔찍한 일에 모든 능력을 동원하겠소.

가서 아름다운 겉치레로 사람들을 속이시오.

꾸민 얼굴로 거짓된 마음이 알고 있는 것을 감춰야 하오.[34]

(퇴장)

---

34 〈외양과 속내의 괴리〉는 셰익스피어의 전 작품에서 끊임없이 다루어지는 주제다. 「맥베스」에서는 야욕에 사로잡힌 맥베스와 맥베스 부인의 교언영색을 무수히 목격할 수 있다.

제2막

제1장
(같은 곳, 성 안뜰)

뱅쿠오와 횃불을 든 플리언스 등장.

뱅쿠오 밤이 얼마나 깊었느냐?

플리언스 달이 졌습니다. 하지만 종소리는 못 들었습니다.

뱅쿠오 달은 자정에 진다.

플리언스   분명히 자정은 지났습니다, 아버님.

뱅쿠오 내 칼 좀 받아라. 오늘 밤은 하늘이 인색하구나.

　　별빛 하나 없으니. 이것도 들고 있어라.　　　　　　　　　5

　　잠이 납덩이처럼 눈꺼풀을 짓누르는구나.

　　하지만 아직은 잠들지 않으련다. 자비로운 신들이여,

　　잠든 중에 이치를 거스르는 흉악한 망상들[35]이

---

35 이후 맥베스와의 대화로 보아, 그가 말하는 흉악한 망상이란 바로 꿈속의
마녀들을 의미한다.

다가오지 못하게 해주십시오 — 칼을 이리 다오.

맥베스와 횃불을 든 하인 등장.

누구냐?   10

맥베스 동지요.

뱅쿠오 아직 안 주무셨소? 폐하께서는 침소에 드셨소.

　폐하는 오늘따라 유독 즐거워하시며 장군의 종복들에게

　많은 선물을 내리시고, 부인께도 친절한 여주인이라며

　감사 표시로 이 다이아몬드를 하사하셨소.   15

　그러고는 더할 나위 없이 흡족해하시며

　잠자리에 드셨소.

맥베스　　　　　준비가 미흡하여

　마음만큼 대접해 드리지 못하였소. 그렇지 않았더라면

　마음껏 대접해 드렸을 터인데.

뱅쿠오　　　　　　　　　다 좋았소. 그런데 어젯밤

　그 마녀들 꿈을 꾸었다오. 그들이 장군에게 해주었던   20

　예언 중 일부는 실현되지 않았소?

맥베스　　　　　　　　난 그 생각은 안 하오.

　하지만 내가 1시간쯤 내주십사 간청할 때

　장군이 시간을 내주신다면, 그 일에 대해

　몇 말씀 나누고 싶소.

뱅쿠오　　　　　편하실 때 언제라도요.

맥베스 그때 나와 의기투합해 준다면 장군께도   25

44

영광스러운 일이 생길 거요.

뱅쿠오   명예를 더하려다 오히려
명예에 먹칠하는 일이 아니라면, 또 마음이 허락하고
충성심에 거리낄 것이 없는 일이라면
논의해 보지요.

맥베스   그동안 편히 쉬시길 바라오.

뱅쿠오   고맙소, 장군. 장군도 편히 쉬시오.   30

                        (뱅쿠오와 플리언스 퇴장)

맥베스   (하인에게) 마님에게 가서 내 주안상이 준비되면
종을 울리라고 전하고, 넌 가서 자라.   (하인 퇴장)
내 앞에 어른거리는 이것은 단도가 아닌가?
손잡이가 내 쪽을 향하고 있군. 어디 잡아 볼까.
눈에는 보이는데 잡을 수가 없구나.   35
불길한 환영이여, 너는 눈에는 보여도
만져 볼 수는 없는 것이란 말이냐?
아니면 열에 들뜬 머리가 만든 마음속 허상이란 말이냐?
아직도 내가 뽑아 든 칼인 듯 또렷이 보인다.
내가 가려는 길로 네가 나를 인도하는구나.   40
내가 쓰려던 도구도 바로 이런 것이었지.
내 눈이 다른 감각들에 의해 바보가 된 것인가,
아니면 다른 감각들보다 더 영리해진 것인가?
아직도 보이는구나.
그런데 칼날과 칼자루에 아까는 없었던 피가 묻어 있다.   45
아니, 세상에 그런 건 없어.

내 눈에 이런 환영이 보이는 것은

내가 저지르려는 잔인한 행위 때문이다.[36]

이제 세상의 절반은 잠든 듯하고,

악몽은 장막을 친 잠을 능욕하는구나.   50

마법은 창백한 헤카테[37]의 종자들을 섬기고

말라빠진 살인자는 자신의 보호자이자 파수꾼인

늑대의 울음소리에 깨어나

루크레티아[38]를 능욕하러 가던 때의

타르퀴니우스의 은밀한 발걸음으로   55

자신의 계획을 향해 유령처럼 걸어간다.

너 단단한 대지여, 내 발소리를 듣지 마라.

가는 길마다 돌멩이들이 내가 어디로 향하는지 지껄여

지금 이 순간에 어울리는 공포를 앗아가 버릴까 두려우니.

내가 입으로만 협박하면 그는 산목숨으로 남는다.   60

말은 행위의 열기를 식히기만 할 뿐.   (종소리가 들린다)

내가 가면 모든 게 끝난다. 종소리가 나를 부르는구나.

36 맥베스는 자신이 저지르려는 끔찍한 행위로 인해 심한 불안을 경험한다. 그
가 경험하는 환영이나 환청 같은 현상은 내면의 극심한 불안과 공포를 잘 보여 주
는 것으로, 인간의 심리에 대한 셰익스피어의 통찰력을 입증한다.

37 그리스 신화 속 달의 여신과 대지의 여신, 지하의 여신 등 세 여신이 한 몸이
된 신이다. 회화나 조각에서 주로 등을 맞댄 세 몸을 가진 여성의 모습으로 표현
되었다.

38 고대 로마의 전설적인 여인으로 정절의 상징이다. 로마 왕 타르퀴니우스의
아들에게 능욕당한 뒤 혀가 잘린 루크레티아는 자수를 놓아 살인자를 밝힌 후 아
버지와 남편에게 복수를 부탁하고 자살하였다. 이에 민중이 들고일어나 타르퀴
니우스가(家)를 추방하여 왕정은 끝나고 로마 공화제가 수립되었다. 셰익스피어
는 이 이야기를 소재로 장편 설화시 「루크레티아의 능욕」을 썼다.

던컨 왕이여, 저 종소리를 듣지 마시길.
그대를 천당, 혹은 지옥으로 이끄는 조종이니.　　　(퇴장)

제2장
(같은 곳)

맥베스 부인 등장.

맥베스 부인　그들을 취하게 한 것이 나를 대담하게 만들고,
　　그들을 잠재운 것이 내겐 불을 질렀다. ─ 쉿! 조용히!
　　불행을 알리는 올빼미네. 준엄하게 작별을 고하는구나.
　　거의 끝내셨을 테지. 문은 활짝 열어 두었고,
　　만취한 신하들은 임무에 아랑곳없이 코를 골고 있다.　　5
　　그들의 술에 수면제를 넣었더니
　　삶과 죽음이 그들을 살릴 것인지 죽일 것인지
　　서로 겨루고 있다.
맥베스　　(안에서) 누구냐? 무슨 일이냐?
맥베스 부인　이런! 그놈들이 깨어났나? 아직 안 끝났는데.
　　시도만 하고 완수하지 못하면 우린 파멸이야.　　　　　10
　　가만, 그들의 단도를 그이가 못 보셨을 리 없겠지.
　　잠든 모습이 내 아버지를 닮지만 않았더라면
　　내가 해치웠을 것을 ─ 여보!

맥베스 등장.

맥베스 해치웠소. 아무 소리 못 들었소?

맥베스 부인 올빼미 소리와 귀뚜라미 소리밖에요.   15

  당신 목소리 아니었어요?

맥베스   언제 말이오?

맥베스 부인   방금요.

맥베스   내려올 때?

맥베스 부인 네.

맥베스 쉿!

  옆방에서는 누가 자고 있소?

맥베스 부인   도널베인 왕자예요.

맥베스 이게 무슨 꼴이람.   20

맥베스 부인 어리석게 왜 그런 말씀을 하세요?

맥베스 한 놈은 자다가 웃고 다른 놈은 〈살인이다〉 외치더군.

  그 소리에 두 놈 다 깼소. 나는 가만히 서서

  그들이 하는 소리를 들었지. 놈들은 기도를 하고는

  다시 잠들어 버렸소.

맥베스 부인   두 놈이 함께 있죠.   25

맥베스 이 사형 집행관의 손[39]을 보고는 한 놈이

  〈하느님, 보호하소서〉 하니, 다른 놈은 〈아멘〉 하더군.

  그 두려움 가득한 기도를 듣는 나는 〈보호하소서〉 할 때

39 던컨을 살해하여 피가 묻은 손

〈아멘〉이라 하지 못했소.

맥베스 부인　　　　　　　너무 심각하게 생각하지 마세요.

맥베스 왜 나는 〈아멘〉이라 하지 못했을까?　　　　　　30

　나야말로 은총이 필요한데, 〈아멘〉이 목구멍에 들러붙어

　나오지 않더군.[40]

맥베스 부인　　　그런 식으로 생각하면 안 됩니다.

　그러면 우린 미치고 말 거예요.

맥베스 목소리를 들은 것 같소.

　〈더 이상 잠들지 말지어다. 맥베스는 잠을 죽였다.　　35

　순수한 잠, 고통의 헝클어진 실타래를 풀어 주는 잠,

　매일의 삶을 마감 짓는 죽음, 힘든 노동 뒤의 샤워,

　상처받은 마음의 향유, 위대한 자연의 두 번째 과정,

　인생의 향연의 자양분을.〉

맥베스 부인　　　　　무슨 말씀이세요?

맥베스 집이 떠나가라 외치더군. 〈더 이상 잠들지 말지어다.　40

　글램즈는 잠을 죽였다. 그러니 코더 영주는 더 이상

　잠들지 못하며, 맥베스는 더 이상 잠들지 못한다!〉

맥베스 부인 누가 그리 외쳤단 말이에요?

　이상한 것들을 생각하는 데 고귀한 정력을 쏟으시는군요.

　가서 약간의 물로 손을 씻어　　　　　　　　　　45

　손에 묻은 더러운 증거를 없애 버리세요.

　그 단도들은 두고 올 것이지 뭐하러 가져오셨어요?

---

40 맥베스의 잔혹한 행위가 신의 자비와 용서를 받지 못할 것임을 암시한다.

거기 두어야 해요. 도로 갖다 놓고, 왕의 피를
잠든 신하들 몸에 묻히세요.

맥베스　　　　　　　　　다시는 가지 않을 테요. ⁵⁰

내가 한 짓을 생각만 해도 끔찍한데 그걸 다시 보라고?　　50
아니, 난 못 하오.

맥베스 부인　　　이렇게 의지가 약하셔서야!

단도를 이리 주세요.
잠든 자나 죽은 자는 그림에 불과하고,
악마 그림은 아이들 눈에나 두려운 법이에요.
왕이 흘리고 있는 피를 시종들 얼굴에 바르겠어요.　　55
그들의 소행으로 보여야 하니까요.

　　　　　　　　　　　　(퇴장, 안에서 문 두드리는 소리)

맥베스　　　　　　　　　누가 두드리는 거지?

내가 왜 이래? 무슨 소리만 들려도 깜짝깜짝 놀라니.
이 손 좀 봐. 눈이 튀어나올 것만 같구나.
넵튠이 다스리는 대양이라면 내 손의 이 피를 씻어 줄까?
아니, 오히려 이 손이 광대한 바닷물을　　60
진홍빛으로 물들여
그 푸른 물을 붉게 만들 것이다.

　　　　　　맥베스 부인 등장.

맥베스 부인　제 손도 당신 손 처럼 붉어졌지만
당신처럼 창피스럽게 하얗게 질리지는 않아요.

(문 두드리는 소리)

남쪽 문에서 두드리는 소리가 들려요. 어서 방으로 가세요.   65

물 조금이면 우리가 한 짓을 씻어 낼 수 있으니[41]

얼마나 쉬운 일이에요? 당신은 지금

제정신이 아니세요.   (문 두드리는 소리)

들려요? 누가 또 두드리네요.

깨어 있었던 것처럼 보이지 않도록

어서 잠옷을 걸치세요.   70

그렇게 멍청히 생각에 빠져 있지 좀 마세요.

맥베스 내가 한 짓을 아느니 차라리 자신을 잊고 싶소.

(문 두드리는 소리)

그 소리로 던컨 왕을 깨워 다오. 아, 그러면 얼마나 좋을까.

(퇴장)

제3장
(같은 곳)

문지기[42] 등장.

41 양심의 가책이나 도덕적 상상력이 풍부한 맥베스와 달리 상상력과 정서가
결핍된 맥베스 부인의 캐릭터를 보여 주는 대목이다. 하지만 이후 극이 진행되면
서 두 사람의 성격에는 전환이 일어난다.

42 셰익스피어의 비극에 흔히 등장하는 희극적 긴장 완화 장면이다. 셰익스피
어는 많은 작품 속에 이 문지기와 같은 광대clown나 바보fool를 등장시키는데, 이
들의 기능에 대해서는 여러 주장이 있다. 이 장면에서와 같이 주요 등장인물이 옷
을 갈아입는 동안 그 공백을 이용하여 관객을 즐겁게 해주는 역할도 하고, 지나치

문지기 (문 두드리는 소리) 정말이지 시끄럽게도 두드려 대는
　　　　구먼. 지옥 문지기의 열쇠는 닳고 닳았을 거야. (문 두드
　　　　리는 소리) 쾅, 쾅, 쾅. 염라대왕의 이름으로 묻건대, 넌
　　　　웬 놈이냐? 오라, 풍년이 드는 것이 두려워 스스로 목을
　　　　맨 농부구먼. 그래, 때마침 잘 왔다. 자살을 한 대가로　　5
　　　　땀 좀 빼게 해줄 테니 손수건이나 넉넉히 준비하려무나.
　　　　(문 두드리는 소리) 쾅, 쾅, 쾅. 악마의 이름으로 묻건대,
　　　　네놈은 또 누구냐? 오라, 저울의 양쪽 눈금에 대고 맹세
　　　　를 하는 사기꾼 놈이로구나. 신의 이름을 팔아 잘도 반
　　　　역을 저질렀다만 하늘을 상대로 사기를 치진 못했구　　10
　　　　나.[43] 그래, 어서 오너라, 이 사기꾼 놈아. (문 두드리는 소
　　　　리) 쾅, 쾅, 쾅. 이번엔 또 누구냐? 오라, 프랑스식 바지에
　　　　서 천을 떼어먹은 영국 재단사 놈이로구나. 그래, 어서
　　　　와라, 재단사 놈아. 여기서 네 다리미를 달굴 수 있을 거
　　　　다. 쾅, 쾅. 정말이지 한시도 조용할 새가 없군. 그래, 네　　15
　　　　놈은 또 뭐냐? 그나저나, 여긴 지옥 치고는 너무 추운걸.
　　　　지옥 문지기는 이쯤에서 그만두련다. 향락의 길을 걷다

게 무거운 극의 분위기를 완화시키는 희극적 긴장 완화의 역할도 한다. 문지기 광
대는 왕의 시해라는 암울하고 중압적인 분위기를 깨고 음담패설로 해학과 익살을
떨며 동시에 다양한 관객들이 모인 당대 극장에서 무식하고 단순한 관객들의 취
향에 호소한다. 하지만 이는 아리스토텔레스가 『시학』에서 주장한 단일 어조 원칙
에서 벗어난다고 하여 고전주의 비평가들로부터 심한 비난을 받기도 했다.

　43 이는 1605년에 제임스1세의 종교 정책에 불만을 품은 이들이 의회 지하에
화약을 장치하고 폭파하려다 실패한, 이른바 〈화약 음모 사건Gunpowder Plot〉
과 관련된 대사로, 사기꾼이란 이 사건을 음모했던 구교도인 예수회Jesuit 수사들
을 가리킨다. 문지기는 그들의 이런 음모를 〈신의 이름을 팔아 반역을 저질렀다〉
라며 비아냥거리고 있다.

가 영겁의 불더미 속으로 뛰어든 각종 직업의 놈들을 다
들여보내 줄 작정이었는데. (문 두드리는 소리) 가요, 가.
부디 이 문지기를 잊지 마쇼.[44]   (문을 연다)   20

맥더프와 레녹스 등장.

맥더프 이보게, 이렇게 늦게까지 자는 걸 보니 어젯밤엔 아
주 늦게 잠자리에 들었나 보지?

문지기 두 번째 닭이 울 때[45]까지 술잔치를 벌였습죠. 그런
데 나리, 술이란 놈은 말입니다, 우리에게 특별히 세 가
지를 불러일으킵디다요.   25

맥더프 자네가 말하는, 술이 특별히 불러일으킨다는 그 세
가지란 뭔가?

문지기 딸기코 만들기, 졸음, 오줌. 이 세 가지입죠. 음욕은
불러일으켰다가는 다시 잠재워 버리죠. 다시 말해 술이
란 놈은 음욕을 부추기고는 그 실행 능력을 앗아 가버   30
립니다. 그래서 과음은 색욕에 있어서는 사기꾼이라 할
수 있습죠. 술꾼을 추세웠다가는 망쳐 놓고, 부추겼다
가는 낙담시키고, 설득해 놓고는 용기를 앗아 가버립니
다. 그의 물건을 세웠다가는 다시 주저앉게 하죠. 결론

44 흔히 무대에서 광대의 위치는 중심 행위가 진행되는 중심 무대*locus*를 둘러
싼 주변 무대*plateau*다. 광대들은 객석과 무대 사이의 이 공간에서 연극과 현실을
매개하는 역할을 한다. 여기서 문지기의 마지막 대사는 연극에서 빠져나와 관객
에게 하는 것이다.
45 새벽 3시를 가리킨다.

적으로 잠 속에서 술꾼에게 사기 치고 거짓말을 하고는 ₃₅
내팽개쳐 버리는 겁니다요.[46]

맥더프 어젯밤 술이 자네에게 그러한 것이 틀림없구먼.

문지기 정말 그랬습니다, 나리. 바로 목구멍에서 그랬습죠.
그러나 저는 놈에게 거짓말한 앙갚음을 했습죠. 놈이 대
적하기에 저는 너무 강합니다. 놈이 잠시 다리를 잡고 ₄₀
늘어졌지만 전 발을 옮겨 따돌렸습죠.

맥더프 장군께서는 일어나셨나?

맥베스 등장.

문 두드리는 소리가 장군을 깨웠나 보군. 저기 오시네.

(문지기 퇴장)

레녹스 안녕히 주무셨소, 장군?

맥베스   잘들 주무셨소?

맥더프 폐하께서는 일어나셨소?

맥베스   아직이오.   ₄₅

맥더프 시간 맞춰 깨우라고 명령하셨는데
하마터면 시간을 놓칠 뻔했군.

맥베스   폐하께 안내해 드리겠소.

---

46 술과 호색의 관계를 논하는 이 대사는 마녀들의 〈이중 언어*equivocation*〉에
대한 패러디로 볼 수 있다. 술이 호색에 끼치는 영향은 마치 마녀들의 예언이 맥베
스에게 끼치는 작용과 같다. 술이 욕정을 불러일으키듯 마녀들의 예언은 맥베스
의 욕망에 불을 지르지만, 결국 술이 불러일으키는 무기력이 욕정의 충족을 좌절
시키듯 맥베스의 욕망 역시 충족되지 않는다.

맥더프 장군께는 즐거운 수고였으리라 압니다만,

　어쨌든 수고하셨소.

맥베스 육체의 고통이 오히려 즐거움인 일이었소.　　　　50

　이쪽 문이오.

맥더프　　　　내 맡은 임무이니

　무엄하지만 폐하를 깨우겠소.　　　　　　　(퇴장)

레녹스 폐하께선 오늘 떠나시오?

맥베스　　　　　　　　그러겠다고 하셨소.

레녹스 어젯밤은 아주 심란했소.

　우리 거처에서는 굴뚝이 바람에 쓰러졌고　　　　55

　사람들 말에 의하면 공중에서 비탄의 소리가 들리며

　이상한 죽음의 비명과 무서운 목소리가 끔찍한 소동을,

　이런 비통한 시기에 새로 발생하는 혼란스러운 사건을

　예언했다고 하오. 시커먼 새[47]도 밤새 울었다 하고,

　또 어떤 이들은 땅이 열병에라도 걸린 듯　　　　60

　흔들렸다고 하오.[48]

맥베스　　　　아주 험한 밤이었군요.

레녹스 내 나이가 많은 것은 아니지만 이렇듯 험한 밤은

　처음이오.

47 올빼미.

48 당시에는 인간계, 자연계, 우주계가 다 연결되어 있다는 믿음이 있었다. 그래서 셰익스피어의 작품에서는 인간 사회에서 질서의 전복 현상이 일어나면 그 전후에 자연계나 우주계에도 흔히 이상 징후가 나타나며 무질서와 혼란이 일어난다. 예를 들어 「줄리어스 시저」에서도, 시저가 암살되기 전날 암사자가 거리에서 새끼를 낳고 무덤에서 시체들이 일어나며 피 비가 내리고 말이 울부짖고 죽어가는 병사들의 신음 소리가 들렸다고 묘사되어 있다.

맥더프 다시 등장.

맥더프　　　오, 끔찍한 일이다. 끔찍해!
　말로 표현할 수도, 생각조차 할 수 없는 일이다.

맥베스, 레녹스　무슨 일이오?　　　　　　　　　　65

맥더프　이변 중의 이변이오. 가장 신성 모독적인 살해가
　신의 기름 부으심을 받으신 신전[49]을 부수고
　그곳에서 신성한 생명을
　앗아 갔소.

맥베스　　　무슨 말이오? 목숨이라니?

레녹스　　　　　　　　　　　폐하 말이오?

맥더프　직접 가서 새로 태어난 고르곤[50]을 보고　　　　70
　그대들의 눈을 망가뜨리시오. 내게 말하라 하지 말고
　직접 가서 보고 스스로에게 말하시오.

　　　　　　　　　　　　(맥베스와 레녹스 퇴장)
　　　　　　　　　　일어나라! 일어나!

　경종을 울려라! 살인이다! 역모다!
　뱅쿠오 장군, 도널베인 왕자님, 맬컴 왕자님,

---

49 던컨의 육체를 은유적으로 표현한 말이다. 절대 왕정의 지배 이데올로기인
〈왕권신수설〉에 의하면 왕권은 신으로부터 주어진 것이고 왕은 신의 기름 부음을
받아 정해진 존재이다.

50 바다의 신 포르키스와 그의 누이 케토 사이에서 태어난 스테노, 에우리알
레, 메두사 세 자매를 가리킨다. 이들은 뱀으로 된 머리카락에 멧돼지의 몸체와 청
동으로 된 손을 지닌 모습으로 묘사된다. 특히 이 가운데 메두사의 눈이나 머리를
본 사람은 돌로 변해 버린다는 전설이 있는데, 이는 고르곤 자매 모두에게 해당되
는 이야기라고도 한다.

일어나십시오! 죽음의 모조품인 포근한 잠을 털어 내고   75
진짜 죽음을 보십시오. 일어나십시오, 일어나!
이 무시무시한 죽음의 이미지를 보십시오.
맬컴 왕자님, 뱅쿠오 장군, 무덤에서 일어나
귀신처럼 걸어 나와 이 끔찍한 장면을 보십시오!

(경종이 울린다)

맥베스 부인 등장.

맥베스 부인   무슨 일로
저리 무섭게 나팔을 불어 자고 있는 사람들을 불러내는지   80
말해 주세요, 어서요.

맥더프   오, 부인.
연약하신 부인께는 말씀드릴 수 없는 소식입니다.[51]
여자들에게 그 이야기를 하는 것은 그들을 죽이는 것이나
마찬가지입니다.

뱅쿠오 등장.

오, 뱅쿠오 장군, 뱅쿠오 장군!
폐하께서 살해되셨소!

맥베스 부인   세상에, 이런 일이!   85

51 맥베스 부인의 독살스러운 성품과 이 음모에서 그녀의 역할을 알고 있는 관객들에게 이 대사는 극적 아이러니를 불러일으킨다.

어찌 우리 집에서!

뱅쿠오   어디서 벌어졌든 너무나 잔인한 일이오.
맥더프 장군, 부디 그대가 한 말을 부인하고
사실이 아니라고 말해 주시오.

맥베스와 레녹스 등장.

맥베스 이런 일이 벌어지기 1시간 전에 죽었으면 좋았을걸.
그랬으면 난 행복한 생을 살았다 할 수 있을 거요.   90
이 순간부터 내 삶에 의미 있는 것은 하나도 없고
모두가 하잘것없는 것뿐이오.
명예와 덕은 죽고, 인생의 포도주는 다 사라지고,
이 저장고에 자랑할 것이라곤 찌꺼기밖에 없소.

맬컴 왕자와 도널베인 왕자 등장.

도널베인 무슨 일이오?

맥베스   왕자님들의 신상에 문제가 생겼습니다.   95
왕자님들의 근원이요, 머리요, 피의 원천이 막혔습니다.
그 원천이 막혀 버렸습니다.

맥더프 폐하께서 살해당하셨습니다.

맬컴   아니, 누구에게 말이오?

레녹스 그 방에 있던 놈들의 소행인 것 같습니다.
놈들의 손과 얼굴이 온통 피투성이였으며,   100

피를 닦지도 않은 그들의 단도가 베개 밑에 있었습니다.

그들은 넋이 나간 듯 멍하니 바라보고 있었습니다.

그들에게 누구의 생명도 맡겨서는 안 될걸 그랬습니다.

맥베스 분노한 나머지 그들을 죽여 버린

내 행동이 후회되오.

맥더프   왜 그런 짓을 하셨소?   105

맥베스 어찌 인간이 놀란 가운데 현명할 수 있고,

화가 난 가운데 진정할 수 있고, 충성 가득한 가운데

중립적일 수 있겠소? 그런 사람은 아무도 없소.

폐하를 향한 내 격렬한 사랑이 이성을 능가했소.

여기 폐하께서 그 흰 피부가 그분의 소중한 피로 물든 채   110

쓰러져 있었고, 깊이 베인 상처는 마치 파괴적인

파멸의 통로 같았소. 거기 살인자들이 자신들이 저지른

끔찍한 짓을 보여 주는 빛깔에 젖어 있었고,

그들의 단도는 무엄하게 피 칠을 하고 있었소.

사랑하는 마음 있고 그 사랑을 표시할 용기 있는 자라면,   115

그 누가 참을 수 있었겠소?

맥베스 부인   아, 저 좀 도와주세요.

맥더프 부인을 보살펴 드려라.

맬컴 (도널베인에게 방백) 우리는 왜 입을 다물고 있지?

할 말은 우리가 가장 많을 텐데.

도널베인 (맬컴에게 방백) 여기서 무슨 말을 하겠어요?   120

동굴에 숨어 있던 액운이 튀어나와

우리를 사로잡을 수도 있으니, 이곳에서 도망갑시다.

아직 울 때가 아닙니다.

맬컴 (도널베인에게 방백) 너무 슬퍼서

눈물도 안 나오는구나.

뱅쿠오   부인을 보살펴 드려라.   125

                    (맥베스 부인이 부축을 받으며 퇴장)

그리고 지금은 제대로 갖춰 입지 못한 몸에

뭐라도 좀 걸친 뒤 다시 만나

이 극악무도한 일을 좀 더 조사하고 알아봅시다.

두려움과 가책에 몸이 떨리오.

나는 위대하신 신의 편에 서서   130

아직 드러나지 않은 역모의 악의에

대항하여 싸우겠소.

맥더프   나도 그리할 것이오.

일동   모두들 그럽시다.

맥베스 빨리 옷들을 걸치고

회의장에서 모입시다.

일동   좋습니다.

          (맬컴과 도널베인만 남고 모두 퇴장)

맬컴 우린 어쩌지? 저들과 어울려서는 안 돼.   135

마음에도 없이 슬픈 척하는 건

위선자들에게 쉬운 일이지. 난 영국으로 가겠다.

도널베인 전 아일랜드로 가겠어요. 우리를 갈라놓은 운명이

우리 둘 모두를 안전하게 지켜 주길 빕니다.

이곳은 미소 속에 칼날이 숨겨져 있는 곳입니다.[52]   140

60

가까운 핏줄이 더욱 잔인하죠.

맬컴   시위를 떠난 살인의 화살이

아직 불을 붙인 것은 아니다.

가장 안전한 길은 그 과녁에서 피하는 것.

까다로운 이별 절차 없이 어서 말을 타고 서둘러 떠나자.

자비가 남아 있지 않을 때에는   145

몸을 숨겨 안위를 지킬 필요가 있는 법이다.   (퇴장)

제4장
(성 밖)

로스와 노인 등장.

노인 나는 칠십 평생을 잘 기억하고 있소.

그동안 끔찍한 시기를 겪고 이상한 일들을 보아 왔으나,

오늘 밤의 심란함에 비하면 예전의 것들은

아무것도 아니오.

로스   아, 영감님, 인간이 저지른 행위에

하늘이 몸서리를 치며 그 유혈의 무대를 위협하는군요.   5

아침인데도 어두운 밤이 여전히 태양을 억누르고 있습니다.

태양빛이 지구를 비추어야 할 때에

52 외양과 내면의 괴리를 나타내는 은유적 표현 중 하나.

어둠이 지표면을 뒤덮고 있는 것은

밤이 득세한 탓일까요,

낮이 부끄러워하는 탓일까요?

노인   참으로 해괴한 일이오.   10

마치 최근의 그 일처럼 말이오. 지난 화요일이었소.

자신의 자랑스러운 영역으로 날아오르던 매가

쥐나 잡는 올빼미의 공격을 받아 죽었지.

로스   너무도 이상하지만 사실인 일이 또 있습니다.

멋지고 빨라 말들 중에서도 총애를 받던 던컨 왕의 말들이   15

성정이 사나워져서는 마구간을 부수고 날뛰며

마치 인간과 겨루기라도 하려는 듯

복종치 않았다 합니다.[53]

노인   그것들이 서로를 잡아먹었다더군.

로스   정말로 그랬습니다. 놀랍게도 제 눈으로

직접 보았습니다.

맥더프 등장.

맥더프 영주가 오는군요.   20

세상이 어찌 되어 가고 있소, 장군?

맥더프   안 보이오?

53 날이 새지 않는 것은 인간계에서의 질서 파괴로 인해 우주계마저 무질서해
진 것이며, 올빼미가 매를 공격하고 말이 인간에게 대항하는 것도 자연계 위계의
문란을 의미한다. 이것이 바로 존재의 연쇄성 개념이다.

로스 그 잔인하기 그지없는 짓을 한 자는 밝혀졌소?

맥더프 맥베스 장군이 죽인 그들의 짓이라 하오.

로스   세상에,

　무엇 때문에 그런 짓을 했을까?

맥더프   매수당한 거지요.

　왕의 두 아들인 맬컴 왕자와 도널베인 왕자가   25

　도망을 쳐서 그 일에 대해

　의심을 받고 있소.

로스   해괴한 일이로군.

　자신들의 생명 줄까지 먹어 치우는 야심이라니.

　그렇다면 왕권은 맥베스 장군에게

　넘어갈 가능성이 가장 크겠군.   30

맥더프 벌써 지명되어서 대관식을 위해

　스쿤[54]으로 가셨소.

로스   던컨 왕의 시신은 어디에 모셨소?

맥더프 역대 왕의 유골을 모신 신성한 묘지이자

　그분들 유골의 보관소인

　콤킬[55]로 모셔 갔소.

로스   스쿤에 가실 생각이오?   35

맥더프 아니, 파이프[56]로 갈 거요.

로스   나는 스쿤으로 가겠소.

---

　54 스코틀랜드 퍼스Perth에 있는 성. 12세기에 수도원으로 개조되어 스코틀랜드 왕들의 대관식이 거행되었다.

　55 헤브리디스 제도에 있는 아이오나 섬.

　56 맥더프는 파이프 영주다.

맥더프 그곳에서 모든 일이 잘되길 빌겠소. 안녕히.

  〈구관이 명관〉이라는 말이 나오는 일이 없기를!

로스 잘 가시오.

노인 신의 축복이 그대와, 그리고 악을 선으로 바꾸고   40

  적을 친구로 바꾸는 모든 이들과 함께하길 바라오. (퇴장)

제3막

제1장
(포레스, 궁전의 어느 방)

뱅쿠오 등장.

뱅쿠오   그렇게 이제 그자는 마녀들의 약속대로
  왕도, 코더 영주도, 글램즈 영주도 다 거머쥐었구나.
  그런데 내 생각에는 그것을 위해 그자가
  아주 사악한 방법을 쓴 것만 같단 말이야.
  하지만 그것이 그자의 자손들에게 지속되지 않고   5
  내가 수많은 왕들의 뿌리가 되고 조상이 되리라고 했겠다.
  맥베스에게서 빛났던 것처럼 그 예언이 들어맞는다면,
  그자에게 진실을 통해 증명한 그들이
  내게 했던 예언 또한 그리되게 하여 희망을 주지 않겠는가.
  그러나 쉿, 이제 그만하자.   10

나팔 소리와 함께 왕이 된 맥베스, 왕비가 된 맥베스 부인,
레녹스, 로스, 기타 영주들과 시종들 등장.

맥베스 우리 주빈이 여기 계셨군.

맥베스 부인   만약 이분을 빠뜨렸다면
우리의 연회에 크나큰 흠이 되어
모든 것이 격에 맞지 않았을 것입니다.

맥베스 뱅쿠오 장군, 오늘 밤 성대한 연회를 열 것이오.
그러니 꼭 참석해 주기 바라오.

뱅쿠오   명령만 내려 주십시오.   15
폐하의 신하 된 저의 도리는
폐하의 명령으로부터 절대 분리될 수 없는
의무를 지니고 있사옵니다.

맥베스 오후에 말을 타고 어딜 가신다고?

뱅쿠오   그렇습니다, 폐하.

맥베스 그게 아니었다면 오늘 회의에서   20
장군의 진중하면서도 풍요로운 진언들을
많이 듣고자 하였소. 하지만 내일 듣기로 합시다.
멀리 가시오?

뱅쿠오 연회 시간까지는 꼬박 걸릴 듯하옵니다.
말을 잘 부리지 못하면   25
해 진 후 한두 시간 정도는
밤을 타서 와야 하옵니다.

맥베스   연회에 반드시 오길 바라오.

뱅쿠오 그리하겠사옵니다, 폐하.

맥베스 무모하기 짝이 없는 조카들이

영국과 아일랜드에 머무르며   30

잔인하게 아비를 살해한 죄를 고백하기는커녕

사람들에게 유언비어[57]를 퍼뜨린다 하오.

그 일에 대해 내일 다른 국정과 더불어 상의하도록 합시다.

어서 말을 타시오. 돌아올 밤까지 몸조심하시오.

플리언스도 함께 가시오?[58]   35

뱅쿠오 그러하옵니다, 폐하. 그만 떠나야 할 듯하옵니다.

맥베스 말들이 빠르고 안전하게 달려 주길 바라오.

자, 이제 말에 오르시오.

잘 다녀오시오.   (뱅쿠오 퇴장)

이제부터 저녁 7시까지는   40

각자 시간을 보내도록 합시다.

연회를 더 즐거운 자리로 만들기 위해

짐도 그때까지는 홀로 있겠소.

신의 은총이 함께하길 바라오.

                    (맥베스와 시종 한 명만 남고 모두 퇴장)

                          여봐라, 네게 할 말이 있다.

그자들을 대기시켜 놓았느냐?

시종   성문 앞에서   45

---

57 던컨 왕 시해의 범인으로 맥베스를 지목하는 소문.

58 뱅쿠오가 여러 왕들의 조상이 될 것이라는 마녀들의 예언 때문에, 맥베스는 뱅쿠오와 그의 아들을 함께 제거하여 이를 막으려 한다.

기다리고 있사옵니다, 폐하.

맥베스   이리 데려오너라.   (시종 퇴장)

이리된들 안전이 보장되지 않는다면 무슨 소용인가.

뱅쿠오에 대한 내 두려움은 너무도 깊구나.

그의 저 군왕다운 기품에는 두려워할 만한 것이 있다.

그는 아주 대담하고 겁 없는 기질을 지닌 데다   50

자신의 용기를 안전하게 행동으로 옮겨 줄

지혜 또한 지니고 있으니,

그자만 빼고는 내가 두려워할 자 아무도 없다.

마크 안토니의 수호신이 시저[59] 앞에서 그랬듯이,[60]

내 수호신도 그 앞에서는 꼼짝 못 한다.   55

마녀들이 처음 내게 왕이라는 호칭을 사용했을 때

뱅쿠오는 호통치며 자기에게도 예언하라 명했지.

그랬더니 마녀들은 그더러

한 왕조의 조상이라 하며 환영하지 않았던가.

그들은 내 머리 위에 후자 없는 왕관을 씌워 놓고   60

내 손에 허망한 왕홀(王笏)을 쥐여 주었구나.

내 자손이 아닌 이의 손으로 그것을 비틀어 빼앗아

내 아들에게 물려주지 못하게 하다니.

그렇다면 나는 뱅쿠오의 자손을 위해 마음을 더럽힌 꼴.

그들을 위해 저 자애로운 던컨 왕을 살해하고   65

59 줄리어스 시저가 아닌, 안토니와 함께 제2차 삼두 정치의 세 집정관 중 한 명이었던 옥타비우스 시저를 가리킨다.

60 셰익스피어의 로마극 「안토니와 클레오파트라」의 제2막 제3장에서 점쟁이가 안토니우스에게 시저의 곁을 떠나라고 충고하며 말한 내용을 가리킨다.

그들을 위해 평화의 술잔에 적의의 독주를 부었단 말인가.

그들을 왕으로 만들기 위해,

뱅쿠오의 자손들을 왕으로 만들기 위해,

전 인류의 적에게 내 영원한 보석인 영혼을 팔았단 말인가.

그럴 바에야 운명이여, 끝까지 해보자.   70

죽을 때까지 겨루어 보자 — 누구냐?

                              (시종, 두 암살자와 함께 등장)

(시종에게) 부를 때까지 문에 가 있어라.   (시종 퇴장)

우리가 함께 얘기를 나눈 것이 어제였더냐?

암살자들 그러하옵니다, 폐하.

맥베스   그렇다면

내가 한 말을 생각해 보았느냐? 분명히 말하건대,   75

자네들은 아무 죄도 없는 나를 오해했지만.

지난날 자네들을 고통에 빠뜨린 자는 그자였느니라.

이 점에 대해서는 짐이 어제의 만남에서 입증한 대로다.

자네들이 어떻게 억압당하고 속임을 당했는지,

그리고 누가 그런 음모를 꾸몄는지,   80

기타 모든 것에 대해 바보나 미치광이라도

〈그건 뱅쿠오의 짓이었다〉라고 말할 정도로

충분히 납득시켜 주지 않았느냐.

암살자1   그리 알려 주셨사옵니다.

맥베스 충분히 그랬고말고. 바로 그것 때문에

우리가 이렇게 두 번째 만나는 것이지. 자네들은   85

이 일을 그냥 내버려 둘 정도로 참을성 있는 자들인가?

자네들은 그 육중한 손이 자네들의 목줄을 누르고
자네 가족들을 영원히 비럭질하게 만든
그자와 그자의 자손들을 위해 기도할 정도로
신앙심 두터운 자들인가?

암살자1   저희도 사내이옵니다, 폐하.   90

맥베스 그래, 분류하자면 자네들은 사내지.
하운드, 그레이하운드, 잡종 개, 스패니얼, 똥개,
삽살개, 물개, 늑대 개가 모두 개라는 이름으로 불리듯이.
그러나 가치를 분류하는 감정서에는 빠른 놈, 느린 놈,
섬세한 놈, 집 지키는 놈, 사냥하는 놈 등 모두를   95
은혜로운 자연이 정해 준 재능에 따라 구분하는 법.
그것에 의해 개들은 모두 똑같이 적히는 서류에서도
별도의 항목을 부여받는 거지.
남자도 마찬가지네.
만약 자네들이 남성다움이라는 항목의   100
최하위에 있는 것이 아니라면, 아니라고 말해 보게.
그렇다면 내가 이 일을 자네들에게 제안할 테니.
그자를 죽이는 것은
자네들의 적을 없애는 일일 뿐만 아니라
짐의 신임과 사랑을 얻게 되는 일.   105
그자가 살아 있으면 짐은 병들고
그자가 죽어야만 건강해지니.

암살자2   저는 사내이옵니다, 폐하.
저는 세상의 지긋지긋한 농락에 너무 분개하여

세상을 괴롭히기 위한 일이라면

　　뭐든 하고자 하옵니다.

암살자1　　　　　　　　저 또한 사내이옵니다.　　　　　　110

　　온갖 재난에 너무 지치고 불운에 시달려

　　그 운명을 고치거나 없앨 기회라면

　　어떤 것이든 잡고자 하옵니다.

맥베스　　　　　　　　　　자네들의 적이

　　뱅쿠오라는 것은 알고 있으렷다.

암살자들　　　　　　　　　그러하옵니다, 폐하.

맥베스　그는 나의 적이기도 하다.　　　　　　　　　115

　　그의 존재는 매 순간 잔인한 적의 속에서

　　짐의 생명의 급소를 겨누고 있다. 권력을 이용하여

　　노골적으로 그자를 눈앞에서 쓸어버릴 수도 있고

　　내 의지도 그걸 명하고 있으나, 그리할 수는 없다.

　　그자의 친구이자 나의 친구인 자들이 있는데　　　　120

　　그들의 사랑을 버릴 수는 없으니

　　내 손으로 쓰러뜨리고도 소리 내 통곡해야 하는 터,

　　그래서 자네들의 도움에 의존하려는 것이다.

　　여러 가지 이유가 있으니

　　은밀히 처리해야 할 것이다.

암살자2　　　　　　　　폐하,　　　　　　　　　125

　　명령대로 하겠사옵니다.

암살자1　　　　　　목숨을 바쳐서라도 ──

맥베스　기백이 느껴지는구나.

어디에 숨어야 하는지 늦어도 1시간 안에 알려 주겠다.

그리고 정확한 시각도 알려 주겠다.

거사를 실행할 바로 그 시각을.   130

오늘 밤 궁궐 근처에서 거행해야 한다.

잊지 마라. 짐은 깔끔한 일처리를 원한다.

후환이나 골치 아픈 일을 남기지 않기 위해,

그자와 함께 동행한 아들 플리언스도

어두운 시각의 운명을 맞이해야 하느니라.   135

그의 제거 또한 그 아비의 제거 못지않게

내게 중요하다. 물러가 있어라.

곧 사람을 보내겠다.

암살자들   각오가 되어 있사옵니다, 폐하.

맥베스 곧 부르겠다. 안에서 기다려라.   (암살자들 퇴장)

이제 다 끝났다, 뱅쿠오. 그대의 영혼이 천국에 간다면,   140

그것은 바로 오늘이어야 한다.   (퇴장)

제2장
(포레스, 궁전의 다른 방)

맥베스 부인, 시종과 함께 등장.

맥베스 부인 뱅쿠오 장군은 궁을 떠나셨느냐?

시종 예, 왕비마마. 그러나 오늘 밤에 돌아올 것이옵니다.

맥베스 부인 폐하께 아뢰어라. 시간이 괜찮으면
　몇 마디 나누고 싶다고.

시종　　　　　　　　 예, 왕비마마.　　　　 (시종 퇴장)

맥베스 부인　　　　　　　　　　　 우리의 욕망이
　만족을 모르니 모든 걸 잃고도 얻은 것은 아무것도 없구나.　 5
　파괴하고 불안한 기쁨 속에 사느니 차라리
　파괴한 것과 같은 꼴이 되는 편이 낫겠다.[61]

　　　　　　　　 맥베스 등장.

　폐하, 어째서 유감스럽기 짝이 없는 생각들,
　생각하시는 그것들과 함께 죽었어야 할 생각들에 빠져
　홀로 계시는 겁니까?　　　　　　　　　　　　 10
　아무리 해도 해결할 수 없는 일은 생각해 봐야 소용없고,
　이미 저질러진 일은 끝난 것입니다.

맥베스 우리는 뱀에게 상처만 입혔을 뿐 죽이지는 못했소.
　그 뱀이 회복하여 원기를 되찾으면 우리 미약한 적의는
　이전과 같은 그 이빨에 물릴 위험에 빠지오.　　　 15
　두려움 가운데 밥을 먹고 밤마다 나를 괴롭히는
　끔찍한 악몽의 고통에서 자느니, 차라리 세상이 조각나
　온 천지가 고통에 빠지는 편이 낫겠소.
　불안한 격정 속에 누워 마음의 고통을 받느니,

---

61 맥베스처럼 맥베스 부인 역시 던컨 왕 시해 후 공허와 불안에 시달리고 있다.

우리 마음의 평화를 얻자고 평화로운 세상으로 보내 버린   20
그자와 함께 있는 편이 낫겠소.
던컨 왕은 그의 무덤 속에 누워 있소.
그 변덕스러운 삶의 열병을 끝내고 편히 자고 있지.
역모가 그에게는 최악의 일이었소. 칼도, 독약도,
내란도, 외국의 병사 징집도, 그 어떤 것도   25
더 이상 그를 건드리지 못하오.

맥베스 부인   자애로우신 폐하,
오늘 밤 손님들과 함께 계실 땐 그 무뚝뚝한 표정을
밝고 쾌활하게 바꾸셔야 합니다.

맥베스 그러리다, 부인. 당신도 그러길 바라오.
뱅쿠오에게 안부 인사를 건네고   30
눈길로도, 말투로도 그를 칭송하시오.
안전을 보장할 수 없는 시기인 만큼
국왕의 명예 따위는 이 아부의 물결에 담그고
얼굴에는 가면을 써서
우리의 본심을 감추어야 하오.

맥베스 부인   그만하세요.   35

맥베스 오, 부인, 내 마음은 전갈들로 가득하오.
당신도 알다시피 뱅쿠오와 플리언스가 살아 있지 않소.

맥베스 부인 그렇지만 그들의 생도 영원하리란 법은 없죠.

맥베스 그나마 그게 위안이지. 그들도 공격당할 수 있는
존재라는 사실 말이오. 그러니 즐거워하시오.   40
박쥐가 자기 집으로 날아들기 전에,

날아다니는 딱정벌레가 사악한 헤카테의 부름을 받아

졸음 오는 날갯짓으로 밤의 소리를 내기 전에,

가공할 일이 벌어질 것이오.

맥베스 부인   어떤 일인데요?

맥베스 사랑하는 부인은 모르는 채로 있다가   45

나중에 칭찬이나 해주시오.[62]

사람의 눈을 가리는 밤이여, 연민 어린 대낮의

부드러운 눈 가리고, 잔혹한 그대 보이지 않는 손으로

우리를 겁주는 저 위대한 천륜의 정 갈기갈기 찢어 다오.

날은 점점 어두워지고   50

까마귀는 자기들 숲으로 날아가는구나.

대낮의 선한 것들은 잠들기 시작하고

밤의 사악한 무리들이 먹잇감을 찾아 빙빙 도는구나.

내 말에 놀란 모양이구려. 진정하시오.

사악하게 시작된 일들은   55

사악한 것으로 스스로를 다지는 법. 자, 갑시다.   (퇴장)

제3장
(같은 곳, 궁궐로 이어지는 길이 지나가는 숲)

세 암살자 등장.

62 던컨 왕 살해 때와 달리 맥베스는 부인을 배제한 채 독단적으로 뱅쿠오의
살해 음모를 시행한다. 이는 그가 심리적으로 고립되었음을 암시한다.

암살자1 누가 당신더러 우리와 함께하라 했지?

암살자3   폐하께서.[63]

암살자2 이렇게까지 우리를 못 믿으실 건 없는데.

　　우리 임무를 제대로 처리할 방법까지

　　알려 주셨으면서.

암살자1   우리 옆에 서 있어라.

　　서쪽에 아직 햇살이 남아 있다. 길 늦은 여행자가   5

　　제때 숙소를 구하기 위해 속도를 내는 시각,

　　우리가 기다리고 있는 자들도

　　올 때가 됐다.

암살자3   쉿, 말소리가 들린다.

뱅쿠오 (안에서) 햇불을 다오.

암살자2   그자가 분명하다.

　　오기로 되어 있던 나머지 사람들은   10

　　모두 입궁했으니.

암살자1   그의 말들이 돌아가는군.

암살자3 약 1마일 정도 거리지만

　　그는 모든 이들이 그러하듯이

　　여기부터 궁궐 문까지 걸어갈 거다.

　　　　　뱅쿠오와 플리언스가 햇불을 들고 등장.

---

63 이 세 번째 암살자가 맥베스라는 주장도 있으며, 실제로 어느 공연에서는 맥베스 역을 맡은 배우가 암살자3으로 등장했다고 한다.

암살자2　　　　　　　　　　　　　횃불이다, 횃불!

암살자3　　　　　　　　　　　　　　　그자다.

암살자1　기다려라.

뱅쿠오　오늘 밤엔 비가 오려나 보구나.

암살자1　　　　　　　　　　　　내려쳐.

　　(암살자1이 불을 끄고, 다른 암살자들이 뱅쿠오를 살해한다)

뱅쿠오　오, 음모다! 도망쳐라, 플리언스. 도망쳐라, 도망쳐!

　아비의 복수를 해주기를 — 나쁜 놈들.

　　　　　　　　　(뱅쿠오는 죽고 플리언스는 도망간다)

암살자2, 3　누가 불을 껐냐?

암살자1　　　　　　　　그래야 했던 것 아니야?

암살자3　놈은 쓰러졌지만 아들놈은 도망쳤어.

암살자2　　　　　　　　　　　　　우리 임무의

　딱 절반을 놓친 셈이군.

암살자1　　　　　　　자, 가서 폐하께

　결과를 보고드리자.　　　　　　　　　　(퇴장)

제4장
(궁궐의 귀빈실)

연회가 준비되어 있다.

맥베스와 맥베스 부인, 로스, 레녹스, 영주들, 시종들 등장.

맥베스 모두 자신의 지위를 알 테니 자리에 앉으시오.[64]

최상위에서 최하위까지, 진심으로 환영하오.

영주들   황공하옵니다.

맥베스 과인도 함께 끼어

변변찮은 주인 역할을 하겠소.

왕비도 지금은 자리에 앉아 있지만 적당한 때에   5

환영 인사를 부탁하겠소.

맥베스 부인 폐하, 부디 저를 대신하여 모든 하객들에게

인사해 주십시오. 진심으로 이분들을 환영합니다.

암살자1 문가에 등장.

맥베스 보시오. 모든 참석자들이 진심으로

왕비에게 감사하고 있소. 양쪽 수가 같으니   10

과인은 이 가운데 앉겠소. 실컷 즐기시오.

잠시 뒤에 돌아가며 축배를 듭시다.   (문가로 간다)

얼굴에 피가 묻었다.

암살자1   그렇다면 그건 뱅쿠오의 것이옵니다.

맥베스 그 피가 그자의 몸속 대신 자네 얼굴에 있어 좋구나.

처치했느냐?

암살자1   예, 폐하. 목을 베었습니다.   15

제가 했사옵니다.

64 당시의 엄격한 위계와 계급 질서를 보여 주는 대사다.

맥베스　　　　　　그대는 과연 목 따기의 명수로다.

플리언스의 목을 딴 자도 역시 훌륭하다.

그것까지 자네가 했다면 천하제일이고.

암살자1　송구하오나……. 플리언스는 도망갔사옵니다.

맥베스　그렇다면 내 발작이 또다시 엄습한다. 그것만 아니면 　20

완벽할 텐데. 대리석만큼 완전하고 기반 단단한 바위처럼,

또 나를 둘러싼 공기처럼 안전하고 자유로웠을 텐데.

이제 나는 고통스러운 의심과 두려움에 얽매여

갇혀 지내게 되었구나. 뱅쿠오는 확실히 제거한 것이냐?

암살자1　예, 폐하. 도랑 속에 확실히 묻었사옵니다.　　　　25

머리를 스무 번이나 찔렀는데, 그중 한 번만으로도

죽었을 것이옵니다.

맥베스　　　　　　그 점에 있어서는 수고했다.

이가 자란 독사는 죽은 셈이군.

도망간 새끼도 언젠가 독사로 자라겠지만

아직은 이빨이 없지. 가거라.　　　　　　　　30

내일 다시 들으마.　　　　　　　　　　(암살자1 퇴장)

맥베스 부인　　　　폐하, 흥을 돋워 주시지 않는군요.

환영 의식 없는 향연이 사 먹는 식사와 뭐가 다르겠습니까?

그저 먹기만 하는 식사라면 집이 최고 아니겠습니까?

식사를 가장 맛나게 하는 양념은 환영 의식인 터,

그것이 없다면 향연은　　　　　　　　　35

아무짝에도 소용없사옵니다.

맥베스　　　　　　　　잘 상기시켜 주었소!

자, 많이들 드시고 잘 소화하시어

건강하시길 비오!

레녹스   폐하도 앉으시옵소서.

맥베스 우리의 자애로운 뱅쿠오 장군만 참석했더라면

우리의 고관대작이 이 자리에 모두 모였을 터인데.   40

뱅쿠오의 유령 등장, 맥베스의 자리에 앉는다.

그가 뭔가 좋지 않은 일이 생겨 불참한 것이기보다는

차라리 무례하여 안 온 것이길 바라는 바요.

로스   폐하,

뱅쿠오 장군은 명령 불이행의 비난을 받아 마땅합니다.

폐하께서도 함께 자리해 주시옵소서.

맥베스 좌석이 다 차지 않았소?

레녹스   여기 자리가 있사옵니다.   45

맥베스 어디 말이오?

레녹스 여기 옵니다. 폐하, 왜 그리 놀라시옵니까?

맥베스 누가 이런 짓을 했소?[65]

영주들   무슨 짓 말씀이십니까, 폐하?

맥베스 내가 했다고는 말 못 하오.

그 피투성이 머리칼을 내게 흔들지 마라.   50

로스 여러분, 일어납시다. 폐하께서 편찮으신 듯합니다.

65 뱅쿠오의 유령을 보고 하는 대사다.

맥베스 부인 여러분, 앉으세요. 폐하는 종종 이러십니다.
  젊었을 때부터 그러셨죠. 그러니 부디 자리를 지켜 주세요.
  발작은 일시적인 것, 잠시 뒤면 다시 괜찮아지실 겁니다.
  여러분이 폐하께 너무 신경을 쓰시면 폐하의 마음이 상해   55
  격렬한 감정이 심해지십니다. 신경 쓰지 마시고 드십시오.
  (맥베스에게) 그러고도 사내대장부예요?

맥베스 물론이오. 악마마저 섬뜩해할 저 모습을
  마주할 수 있을 정도로 대담한 사내지.

맥베스 부인   참 잘나셨군요!
  그건 폐하의 두려움이 만들어 낸 환영에 불과하니,   60
  폐하를 던컨 왕에게 인도했던 그 단도와 같은 것이라고요.
  이리도 깜짝깜짝 놀라시다니!
  진짜 무서운 척하는 이런 격정과 놀람은
  할머니가 겨울밤 화롯불 곁에서 해주는
  여자들의 이야기에나 어울려요. 부끄러운 줄 아세요.   65
  왜 그런 얼굴을 하세요? 모든 게 끝났는데
  의자만 바라보시고.

맥베스   제발 저걸 보시오!
  보라고! 보란 말이오! 봐! 저걸 어떻게 설명할 거요?
  왜, 내가 무슨 상관이란 말이냐? 고개를 끄덕일 수 있다면
  말도 해봐라. 납골당과 무덤들이 우리가 묻은 것들을   70
  다시 내뱉는다면 앞으로 무덤들은 솔개의 창자로
  만들어야 한다.[66]   (뱅쿠오의 유령 퇴장)

맥베스 부인   뭐예요! 어리석게 이리도 유약하시다니.

맥베스 나 여기 서 있듯 분명 그자를 보았소.

맥베스 부인   창피한 줄 아세요!

맥베스 옛날부터 피를 보는 일은 있었지.

   인간이 만든 법령이 사회를 정화하여   75

   자애로운 복지를 이루기 전에도,

   그래, 그리고 그 이후에도

   듣기에도 끔찍한 살인은 자행되어 왔지.

   그때 머리 잘린 자는 죽었고, 그것으로 끝이었다.

   그런데 지금은 머리에 스무 번이나 치명상을 입고도   80

   그것들은 다시 일어나 나를 의자에서 밀쳐 내는구나.

   이는 살인보다 더 해괴한 일이다.

맥베스 부인   폐하,

   존귀한 손님들이 기다리고 있사옵니다.

맥베스   잠시 잊었구려.

   내 가장 귀한 중신들이여, 그리 유심히 보지 마시오.

   내게는 이상한 신체적 결함이 있소. 나를 아는 이들에겐   85

   별것도 아닌. 자, 모두의 사랑과 건강을 비오.

   그럼 과인도 앉겠소. 내게도 술을 좀 따라 주시오, 가득!

   여기 있는 모든 분들의 기쁨을 위해 마시겠소.

   여기 없는 우리의 귀중한 뱅쿠오 장군을 위해서도.

   그도 있었더라면 좋았을걸.

---

66 솔개가 시체를 다 먹어 치우게 해야만 무덤에서 시체가 나오는 일이 생기지
않을 것이라는 뜻.

84

뱅쿠오의 유령 등장.

여러분 모두를 위하여,   90
우리가 기다리는 뱅쿠오 장군을 위하여 건배.

영주들   충성을 위해.

맥베스 내 눈앞에서 물러가라! 땅속으로 들어가라!
네 해골에는 골수가 없고 네 피는 싸늘히 식었다.
나를 노려보는 그 눈에는 사물을 보는 능력이
없지 않느냐?

맥베스 부인   경들은   95
그저 늘 있는 일이라 여기십시오.
즐거운 시간을 망친 것뿐, 별일 아닙니다.

맥베스 인간이 하는 일이라면 무엇이든 할 것이다.
그대가 거친 러시아 곰처럼, 뿔 달린 코뿔소처럼,
히르카니아[67] 호랑이처럼 다가와도,   100
그 어떤 형체라도 그것[68]만 아니라면
내 굳건한 신경은 떨지 않을 터.
차라리 다시 살아나 황야에서 칼을 들고 덤벼라.
만약 내가 떨면 계집애라 흉봐도 좋다.
꺼져라, 끔찍한 환영아.   105
실재하지 않는 가짜야, 꺼져라.   (뱅쿠오의 유령 퇴장)
사라졌나?

---

67 카스피 해 동남쪽에 위치한 페르시아 왕국의 옛 지역.
68 유령의 모습.

그럼 나는 다시 사내다워진다. 다들 앉으시오.

맥베스 부인 흥을 다 깨지 않으셨습니까? 그 잘난 실성으로
좋은 모임을 망치셨습니다.

맥베스　　　　　　　　　여름날의 구름처럼
갑자기 나를 압도하는데　　　　　　　　　　　110
어찌 놀라지 않을 수 있겠소?
그대들도 그 모습 보았을 터인데
내 뺨은 공포로 하얗게 질렸건만
그대들의 뺨은 자연스러운 혈색을 지니고 있으니
내 기질이 이상하게 느껴지는구려.

로스　　　　　　　　　　그 모습이라니요, 폐하?　　115

맥베스 부인 부디 아무 말씀 마세요. 점점 심해지십니다.
질문을 하면 더욱 흥분하실 겁니다.
일단 돌아가시지요. 순서 따져 떠나실 필요 없이
어서 가십시오.

레녹스　　　　안녕히 주무십시오.
폐하께서 쾌차하시길 빕니다.

맥베스 부인　　　　　　모두들 안녕히 가십시오!　　120

　　　　　　　　(고관대작들과 시종들 퇴장)

맥베스 피는 피를 부른다고들 하지 않던가?
돌이 움직이고 나무가 말한다고도 하지 않던가?
사물의 인과를 알고 있는 점쟁이들이 까치와 까마귀를 통해
비밀스러운 암살자를 폭로한다 하지 않던가?
지금 밤이 얼마나 깊었소?

맥베스 부인   거의 아침이 다 되었습니다.   ₁₂₅

맥베스 나의 준엄한 명령에도 맥더프가 오지 않았는데,

　　어찌 생각하시오?

맥베스 부인   그자에게 사람을 보내셨어요?

맥베스 우연히 들었소. 하지만 전령을 보낼 거요.

　　그자들의 집 중 하인을 심어 두지 않은 집은 하나도 없소.

　　과인은 내일 시간 맞춰 그 요사스러운 것들에게 가서   ₁₃₀

　　이야기를 좀 더 들어 봐야겠소.

　　지금 같아서는 어떤 수단을 동원해서라도

　　최악의 상황을 알아내고 싶소.

　　나 자신의 안위를 위해서라면

　　그 어떤 대의명분도 다 양보할 것이오.   ₁₃₅

　　나는 너무 피에 젖은 나머지 더 이상 나아가기도 힘드오.

　　하지만 돌아가는 것은 나아가는 것만큼이나 힘든 일일 터,

　　머릿속에 떠오르는 괴이한 일들을 즉각 손으로 넘겨

　　살펴볼 겨를도 없이 실행해야 하오.

맥베스 부인 폐하께는 모든 생명의 양념인 잠이 부족합니다.   ₁₄₀

맥베스 자, 가서 잡시다. 나의 이 이상한 자학은

　　단련이 필요한 풋내기의 두려움이니.

　　우린 아직 이런 일에 서툴 뿐이오.   (퇴장)

제5장
(황야)

천둥이 치고 세 마녀가 등장하여 헤카테를 만난다.

마녀1 헤카테 님, 왠지 화가 나신 것 같아요.

헤카테 이 시건방진 노파들아,

그럼 화가 안 나겠냐?

너희들이 어찌 감히 죽음과 관련된 수수께끼로

맥베스 놈과 거래를 할 수 있단 말이냐?   5

마력의 주인이자 모든 해악의 은밀한 고안자인

나를 부르지도 않고, 또 내게 역할을 맡겨

뛰어난 나의 재주를 보여 주게 하지도 않고 말이다.

더욱더 잘못된 것은, 너희들이 한 짓이 모두

제멋대로인 인간일 뿐 아니라   10

원한과 분노로 가득 찬 그놈을 위해서였다는 것이다.

다른 놈들과 마찬가지로, 너희들의 소중함보다

저 자신의 목적만을 따지는 놈이거늘.

그러나 지금이라도 바로잡자.

지금은 사라졌다가 아침에   15

아케론 강[69]의 동굴에서 만나자.

놈은 제 운명을 알고자 그곳으로 올 것이다.

---

69 지옥을 흐르는 여러 강 중 하나. 신화에 의하면 나룻배 사공인 카론의 배를 타야만 이 강을 건널 수 있다.

그러니 마법에 필요한 그릇과 주문과 마력 등
모든 것을 가져가라.
나는 공중으로 간다.   20
오늘 밤엔 음침하고 치명적인 일을 저지를 터,
정오가 되기 전에 엄청난 일을 도모해야 한다.
달의 한 모퉁이에
수증기 방울이 매달려 있다.
나는 그것이 땅에 떨어지기 전에 낚아채,   25
마술로 증류하여
인공 환영들을 만들어 낼 것이다.
그것들이 만들어 내는 환각의 힘을 이용하여
그를 혼란에 빠뜨릴 것이다.
놈은 운명을 경멸하고 죽음을 비웃고   30
지혜, 자비, 두려움을 무시하고
희망을 품게 될 것이다. 너희들도 알다시피
방심이 인간의 가장 큰 적 아니더냐.

                             (음악 소리 들린다)

들어 봐라. 나를 부르는구나.
내 작은 요정이 안개구름 속에서 기다리고 있다.   35
                                    (퇴장)

마녀1   자, 서두르자. 헤카테 님은 곧 돌아오실 거다. (퇴장)

제6장
(스코틀랜드의 어느 장소)

레녹스와 다른 영주 등장.

레녹스 내 말은 경의 생각을 되받아친 것뿐이오.

  좀 더 해석할 여지가 있긴 하지만,

  일이 너무 이상하다는 말씀만 드리고 싶소.

  훌륭한 던컨 왕은 죽임을 당하고 맥베스의 애도를 받았소.

  또한 용감하기 그지없는 뱅쿠오 장군은 너무 늦게 다니다가   5

  죽임을 당했소. 플리언스에게 당했다 칩시다.

  그 애가 도망갔으니까. 너무 늦게 다녀서는 절대 안 되겠소.

  맬컴 왕자와 도널베인 왕자가

  자신들의 자애로운 아버지를 죽인 일을 두고

  끔찍하다 생각하지 않은 자 누가 있겠소?   10

  그 끔찍한 사실이 맥베스 폐하를 얼마나 슬프게 했소?

  그래서 그분은 당장 고귀한 격분에 빠져

  술과 잠의 노예가 되었던 두 범죄자를 가르지 않았소?

  참으로 고결한 행동 아니겠소? 현명한 행동이기도 했고.

  그놈들이 자기 죄를 부인하는 모습에   15

  용기 있는 자라면 누구나 분노했을 거요.

  그래서 말인데, 모든 게 아주 잘하신 짓이죠.

  내 생각에 만약 던컨 왕의 아들들이 그 손아귀에 잡히면 —

  하늘이시여, 절대 그리되지 않기를! — 아버지를

죽인 대가가 어떤 것인지를 깨닫게 될 거요.   20

플리언스도 마찬가지고. 하지만 입을 다뭅시다.

그런데 소문에 의하면 독재자의 연회에 불참한 맥더프가

비참하게 살고 있다 하던데, 그가 어디에 은신하는지

경은 아시오?[70]

영주   타고난 권리를 독재자에게 빼앗겨 버린

던컨 왕의 아드님이 지금 영국 궁정에서 지내며   25

경건하기 그지없는 에드워드 왕으로부터

대단한 은총을 받고 있소.

악의에 찬 운명에도 불구하고 그는 대단히 칭송받고 있소.

맥더프는 그 신성한 왕께 도움을 청하고

노섬벌랜드 백작과 용맹한 시워드 장군을   30

각성시키기 위해 그곳으로 가고 있소.

그들의 도움과 이 일을 비준해 주신 하느님의 도움으로

우리는 다시 우리의 식탁에 고기를 올릴 수 있고

밤에 잠을 잘 수도 있을 것이며,

우리의 연회와 향연에서 피 묻은 칼을 없애고   35

신하의 도리를 다하며 마음껏 영예를 얻을 수도 있을 거요.

이 모든 것들을 지금 우리는 그리워하고 있는 것 아니겠소?

그리고 이러한 보고들이 맥베스 왕을 격분시켜서 그는

전쟁을 준비하고 있소.

레녹스   그가 맥더프에게 전령을 보냈소?

70 레녹스는 역설적인 어조로 맥베스를 비꼬고 있다.

영주 물론. 맥더프는 단호하게 〈돌아가지 않겠소〉라고 했고 40
　안색이 변한 전령은 돌아서며 이렇게 중얼거렸다고 하오.
　〈이런 대답으로 나를 곤란하게 하다니,
　후회하게 될 거다.〉

레녹스　　　　　지혜가 허락하는 한
　최대한 멀리 도망가라고 그분께 주의를 드려야겠소.
　신성한 천사들이 영국 궁정으로 먼저 날아가 45
　그가 도착하기 전에 그 전언 알려서
　이 저주받은 독재자 밑에서 고통에 신음하는 우리 고국에
　하루빨리 은총이 내려지면
　얼마나 좋을까.

영주　　　　나의 기도도 함께 보내는 바요.　　　(퇴장)

제4막

제1장
(포레스의 어느 집)

천둥이 친다. 세 마녀 등장.

가운데 가마솥이 끓고 있다.

마녀1   얼룩 고양이가 세 번 울었다.

마녀2   멧돼지가 세 번 하고도 한 번 더 울었다.

마녀3   하르피이아이[71]가 외친다. 〈때가 됐다, 때가 됐어.〉

마녀1   마법 솥 주위를 돌아라.

독 내장을 넣어라.   5

서른한 날 밤낮을

차가운 돌 밑에서 자면서

---

71 고대 신화에 나오는 전설적인 새로 세 번째 마녀가 부리는 짐승이다. 하르
피이아이는 처녀의 얼굴에 긴 머리칼을 풀어 헤치고 바람보다도 더 빨리 날아다
니며, 지저분한 배와 날카롭게 굽은 발톱을 가진 굶주린 새로 그려진다.

독을 품은 두꺼비야,

네가 먼저 마법 솥에서 끓어라.

마녀들 수고도 고통도 곱절이 되어라, 곱절이 되어라. 10

불길은 타오르고 가마솥은 끓는다.

마녀2 늪에 사는 뱀의 연한 살아,

솥에서 끓어라, 구워져라.

도룡뇽의 눈과 개구리의 발가락

박쥐의 털과 개의 혀 15

독사의 갈라진 혀와 발 없는 뱀의 독침

도마뱀의 다리와 올빼미의 날개야,

강력한 고통의 마력을 위해

지옥의 수프처럼 부글부글 끓어라.

마녀들 수고도 고통도 곱절이 되어라, 곱절이 되어라. 20

불길은 타오르고 가마솥은 끓는다.

마녀3 용의 비늘과 늑대의 이빨

마녀의 미라

포식한 바다 상어의 위와 창자

어둠 속에서 캔 독 당근의 뿌리 25

불경스러운 유대인[72]의 간

염소의 쓸개와 주목[73] 조각

터키 놈의 코와 타타르 놈의 입술

72 이어서 나오는 〈터키 놈〉, 〈타타르 놈〉과 함께 셰익스피어 시대에 만연했던
인종 차별주의를 엿볼 수 있는 대목이다.

73 예로부터 무덤가에서 무성히 자라는 주목(朱木)에는 사람의 정신을 흐리는
독성이 있는 것으로 여겨졌다.

갈보 년이 낳자마자

목 졸라 죽여 시궁창에 내버린 30

갓난애의 손가락아,

마법의 죽을 걸쭉하게 해라, 진하게 해라.

호랑이 내장을 더해라.

마법 솥에 들어갈 것을 다 넣어라.

마녀들 수고도 고통도 곱절이 되어라, 곱절이 되어라. 35

불길은 타오르고 가마솥은 끓는다.

마녀2 마법의 효력이 확실해지고 좋아지도록

개코원숭이의 피로 죽을 식혀라.

헤카테와 또 다른 세 마녀 등장.

헤카테 오, 잘들 했다! 수고들 했어.

너희들 모두에게 이득을 나눠 주마. 40

난쟁이와 요정들이 원을 만들며 돌듯이,

이제 마법 솥 주위를 돌며 노래 불러

너희들이 집어넣은 모든 것에 마법을 걸어라.

(세 마녀 노래를 부르고, 헤카테와 다른 세 마녀 퇴장)

마녀2 내 엄지손가락이 쑤시는 걸 보니[74]

뭔가 사악한 것이 이쪽으로 오고 있다. 45

(문 두드리는 소리)

---

74 예로부터 몸의 일부분이 갑작스레 쑤시는 것은 곧 어떤 일이 일어날 조짐으로 여겨졌다.

누가 문을 두드리든
자물쇠야, 열려라.

맥베스 등장.

맥베스 너희 비밀스럽고 사악한 한밤중의 마녀들아,
무슨 짓을 하는 거냐?

마녀들   뭐라 이름 붙일 수 없는 짓.

맥베스 너희들이 공언하는   50
신통력에 대고 부탁하겠다.
어떤 수로 알아내든 간에
내 말에 대답해 다오.
너희들이 바람을 풀어 교회에 맞서든,
거품 이는 파도가 항해하는 배를 부수고 삼켜 버리든,   55
잎 달린 옥수수나무들이 바람에 쓰러지든,
성이 무너져 파수꾼의 머리 위로 쓰러지든,
궁궐과 피라미드가 기울어 뒤집어지든,
대자연의 보배인 씨앗들이 뒤섞여 파멸하고 병들든,
너희들은 내 묻는 바에   60
대답할지어다.

마녀1   말해라.

마녀2   요구해라.

마녀3   대답할 테니.

마녀1 말해라. 우리의 입을 통해 들을 테냐,

아니면 우리 상전들로부터 들을 테냐.

맥베스   만날 테니 불러 다오.

마녀1   자기 새끼를 아홉이나 잡아먹은

             암퇘지의 피를 부어라.   65

             살인자를 처형하는 교수대에서 흘러나온 기름을

             불길에 넣어라.

마녀들   높고 낮은 마녀들이시여,

             어서 와서 여러분의 모습과 재주를 보여 주소서.

             천둥소리와 함께 첫 번째 환영인 투구 쓴 머리[75] 등장.

맥베스 말하라. 어떤 신통력 지녔든 —

마녀1   네 생각 읽고 있으니

             그저 듣기만 해라. 아무 말 말고.   70

환영1 맥베스, 맥베스, 맥베스여, 맥더프를 조심하라.

             파이프 영주를 조심하라. 이로써 충분하니 나는 가노라.

                                                    (사라진다)

맥베스 그대가 누구인지 모르나 충고 고맙구나.

             내가 두려워하는 것을 정확히 말했다. 한마디만 더 —

마녀1 그분에게 명령할 수는 없는 일.   75

             여기 처음 환영보다 더 신통하신 환영이 있다.

75 흔히 나중에 맥더프에 의해 효시되는 맥베스 자신의 잘린 머리로 해석된다.

천둥소리와 함께 두 번째 환영인 피 흘리는 아이[76] 등장.

환영2 맥베스, 맥베스, 맥베스여.

맥베스 귀가 세 개라도 그대의 말을 들을 테다.

환영2 잔인해지고, 대담하며 결단력 있게 굴라.
　인간의 힘을 경멸하라. 여자가 낳은 자　　　　　　　　　80
　맥베스를 해하지 못하리니.　　　　　　　　　(사라진다)

맥베스 그렇다면 맥더프여, 살아 있어라. 두려울 것 없으니.
　하지만 확신에 확신을 거듭하기 위해
　운명의 증서를 받아 둘 터, 너를 죽여야겠다.
　나를 겁먹게 하는 두려움에 대고 거짓말 말라 소리치고　　85
　편히 잠잘 수 있도록.

천둥소리와 함께 세 번째 환영인
왕관 쓴 아이가 손에 나뭇가지를 들고[77] 등장.

　　　　　　　이건 뭐지?
　왕의 후손처럼 일어서서
　어린 이마에는 최고의 권위를 나타내는
　왕관을 쓴 이 아이는?

마녀들　　　　　　　말하지 말고 들을지어다.

---

76 흔히 때가 되기 전에 어미 배를 가르고 나왔다는 맥더프로 해석된다.
77 나중에 맬컴 왕자가 버어남 숲의 나뭇가지들을 베어 들고 진군하라는 명령
을 내리는 것과 관련하여 이 아이는 맬컴 왕자로 해석된다.

환영3 사자와 같은 기질로 자부심을 가지고   90
누가 괴롭히든, 초조하게 만들든, 음모자가 어디 있든,
신경 쓰지 말지어다.
거대한 버어남 숲이 던시네인 언덕에 올 때까지 맥베스는
멸망하지 않을지니.   (사라진다)

맥베스   그런 일은 결코 일어나지 않는다.
누가 숲을 징발할 것이며, 나무더러 땅에 박힌 뿌리를   95
잘라 버리라 명령한단 말인가. 반가운 예언이로구나.
좋다, 죽은 역적들이여, 버어남 숲이 일어날 때까지는
일어나지 말지어다. 존귀하신 맥베스 님은 천수를 누리며
다른 인간들이 사는 만큼 숨을 쉴 테다.
그러나 아직 내 마음에 더 알고 싶은 것 한 가지 요동치니,   100
너희들의 신통력이 그렇게 훌륭히 예언한다면
언젠가 뱅쿠오의 후손들이 이 왕국을 통치할는지에 대해
말해 다오.

마녀들   더 이상 알려 하지 마라.

맥베스 들어야겠다. 이를 거절하면
너희들에겐 영원한 저주가 있을 것이다. 알려 다오.   105
마법 솥이 왜 가라앉는 거냐? 이건 또 무슨 소리냐?

                                    (오보에 연주 소리)

마녀1   보여 줘라!

마녀2   보여 줘라!

마녀3   보여 줘라!

마녀들   그의 눈에 보여 주어 마음 아프게 하라.   110

그림자처럼 나타나 그림자처럼 사라져라!

여덟 왕의 환영 등장. 마지막 환영은 손에 거울을 들고 있다.
뱅쿠오의 유령이 뒤따른다.

맥베스 너는 뱅쿠오의 유령 같구나. 사라져라!

네 머리의 왕관을 보니 눈알이 타는 것 같다.

바로 뒤에 금관 쓴 자의 머리 또한 처음 것과 같구나.

세 번째 것도 먼저 것과 같구나. 지독한 마귀할멈들,   115

왜 이런 모습을 보여 주는 거냐? 네 번째도? 눈 나오겠군!

이들이 최후 심판의 나팔 소리 울릴 때까지 간다는 말이냐?

그다음 것도? 일곱 번째도? 더 못 보겠다.

거울을 들고 나온 여덟 번째 것은 더 많이 보여 주는구나.

두 개의 수정 구슬과 세 개의 왕홀을 지닌 것[78]도 있구나.   120

끔찍한 모습이군. 이제야 진실을 알겠다.

피투성이 뱅쿠오가 내게 미소 지으며

자신의 자손이라는 듯 그들을 가리킨다.

그래, 이렇게 된단 말이냐?

마녀1 그래, 이대로다.   125

맥베스는 왜 그렇게 놀라 서 있는 거냐?

자매들이여, 어서 그의 흥을 돋워 주자.

78 제임스 1세를 의미한다. 제임스 1세는 스코틀랜드와 잉글랜드에서 두 번의
대관식을 치러 보주가 두 개이며 영국, 스코틀랜드, 아일랜드를 모두 다스려 세
개의 왕홀을 지녔다.

우리가 할 수 있는 한 최대로 흥을 돋워 주자.

공기가 소리를 내도록 마법을 걸 테니

너희들은 미친 듯이 빙빙 돌아   130

우리에게 훌륭한 대접을 받았다는 말이

이 위대한 왕의 입에서 나오게 하자.

       (음악 소리와 함께 마녀들이 춤을 추다 사라진다)

맥베스 이것들이 어디 갔지? 사라졌나?

 이 치명적인 시간은 달력에서 영원히 저주받을지어다.

 누구 없느냐? 이리 들라.

레녹스 등장.

레녹스   부르셨사옵니까, 폐하?   135

맥베스 이상한 노파들을 보았소?

레녹스   못 봤습니다, 폐하.

맥베스 그것들이 그대 곁을 지나가지 않았소?

레녹스   못 봤습니다.

맥베스 그것들이 타고 온 바람에 저주가 내리고

 그것들을 믿는 자 모두 저주받아라!

 말발굽 소리가 들렸소. 누가 왔소?   140

레녹스 맥더프가 영국으로 도망쳤다는 보고를 드리러

 두세 명이 왔사옵니다, 폐하.

맥베스   영국으로 도망을 쳤다?

레녹스 그러하옵니다, 폐하.

맥베스 (방백) 시간이여, 내 무서운 계략을 알아차렸구나.

순간적인 계획은 행동이 뒤따르지 않으면　　　　　　　　　145

이루어지지 않는 법.

지금 이 순간부터는 마음에 생각이 떠오르자마자

바로 손이 행하게 하리라.

지금 당장 내 생각에 행동이라는 왕관을 씌우리.

생각이 나면 행하는 것이다.　　　　　　　　　　　　　150

맥더프의 성을 습격하여 파이프를 손에 넣으리.

그의 아내와 아이들과 불운한 그의 모든 일가친척들에

칼날을 들이대리. 바보같이 떠벌리는 대신

계획이 식기 전에 행동으로 옮기리라. 환영 따위는

더 이상 만나지 않을 것이다 ― 그들은 어디 있소?　　　155

자, 그들이 있는 곳으로 갑시다.　　　　　　　　　(퇴장)

제2장
(파이프, 맥더프 성의 어느 방)

맥더프 부인과 맥더프의 아들, 로스 등장.

맥더프 부인　무엇 때문에 이 나라에서 도망치신 겁니까?

로스　참으시오, 부인.

맥더프 부인　　　　그분이야말로 참을성이 없으십니다.

도망가시다니 미친 짓이에요. 반역을 한 것도 아닌데

두려움 때문에 반역자가 되는군요.

로스   지혜로움 때문인지

두려움 때문인지는 모를 일이오.   5

맥더프 부인 지혜요? 아내와 새끼들, 집과 작위를 버리고

자기 몸 하나 피한 것이 지혜라고요?

그분은 우리를 사랑하지 않으십니다.

새들 가운데 가장 작은 가련한 굴뚝새도

자기 둥지에 낳은 새끼들을 위해 올빼미와 맞서는데   10

그분에겐 온통 두려움뿐

사랑은 눈곱만큼도 없습니다.

모든 이성적 판단에 맞지 않게 도망치신 걸 보면

지혜도 없으신 분입니다.

로스   경애하는 부인, 진정하시오.

부군께서는 고귀하시고 현명하시고 판단력도 있으시며   15

무엇보다 변덕스러운 시국에 대해 잘 알고 계시오.

더 이상 깊이는 말씀드리지 못하겠소.

하지만 시국이 하도 어수선하여

우리는 자신도 모르는 사이에 반역자가 되고 있소.

소문을 듣기는 하지만 무엇을 경계해야 할지도 모른 채   20

거칠고 험한 바다 위에 떠서 이리저리 흔들릴 뿐

어느 쪽으로도 나아가지 못하오. 난 물러가겠소.

그러나 오래 지나지 않아 다시 오겠소.

최악의 상태로 사태가 끝나든지, 그렇지 않으면

예전 상태로 돌아가든지 할 것이오.   25

(맥더프의 아들에게) 어여쁜 조카야, 신의 은총을 빈다.

맥더프 부인 아비 있으되 아비 없는 아이가 되었어요.[79]

로스 더 이상 지체하는 것은 아주 어리석은 짓이오.

내게는 불명예가, 부인에게는 곤란한 일이 될 터이니

서둘러 물러가겠소.   (퇴장)

맥더프 부인   애야, 네 아비는 돌아가셨다.   30

이제 어쩔래? 어찌 살아갈래?

아들 새처럼 살아가죠, 어머니.

맥더프 부인   벌레와 파리를 먹으면서?

아들 새처럼 내가 얻을 수 있는 걸 먹고 살지요.

맥더프 부인 불쌍한 새! 그물도, 끈끈이 덫도, 함정도,

새덫도 무섭지 않은가 보구나.

아들   왜 무서워해야 하죠?   35

불쌍한 새들은 잡히지 않아요.

아무리 그렇게 말씀하셔도 아버진 돌아가시지 않았어요.

맥더프 부인 아니, 돌아가셨어. 아빠 없이 어쩔래?

아들 어머니는 아버지 없이 어쩌실 건데요?

맥더프 부인 시장에 가면 남편 스무 명은 살 수 있단다.   40

아들 그럼 사서는 되팔 수도 있겠네요.

맥더프 부인 정말 기지에 찬 말이구나.

나이에 비해 어찌 그리 영특하니.

아들 아버진 역적이에요, 어머니?

---

79 맥더프 부인의 이 대사 또한 역설적인 표현이다.

맥더프 부인 응, 그래.[80]

아들 역적이 뭔데요?

맥더프 부인 글쎄, 약속해 놓고 깨는 사람.

아들 그런 사람은 다 역적이에요?

맥더프 부인 그런 사람은 다 역적이지. 그리고 그런 사람은
교수형에 처해지지. 50

아들 약속을 깨뜨린 사람은 다 목매달아 죽이나요?

맥더프 부인 누구나 다.

아들 누가 죽여요?

맥더프 부인 그야 정직한 사람들이지.

아들 그렇다면 거짓말쟁이나 맹세꾼들은 다 멍청이네요. 그 55
런 사람들이 세상에는 훨씬 더 많은데, 그 사람들이 정
직한 사람들을 때려눕히고 목을 매달면 되잖아요?

맥더프 부인 하느님 맙소사, 요 장난꾸러기 녀석. 그런데 넌
아비 없이 어쩌면 좋으냐?

아들 아버지가 돌아가셨으면 어머니가 우셨을 텐데, 울지 60
않으시는 걸 보니 곧 새아버지가 생길 거라는 좋은 징조
같은데요.

맥더프 부인 정말 말도 잘하는구나. 그런 소릴 다 하다니!

전령 등장.

80 맥더프는 현 왕권하에서는 역적이지만 정통 왕권을 중심으로 볼 때는 충신
이다. 결국 어떤 관점으로 보느냐에 따라 역적일 수도, 충신일 수도 있다.

전령 신의 은총을 빕니다, 부인. 소인을 모르시겠지만

소인은 마님의 높으신 신분을 잘 알고 있습니다.   65

뭔가 위험한 일이 부인께 닥치고 있는 것 같습니다.

미천한 자의 충고를 받아들이신다면

이 자리를 피하십시오. 어린 자녀분들도 함께요.

마님을 놀라게 하는 것이 잔인한 일인 줄은 압니다만

마님에게 임박한 더 치명적인 잔인함을   70

하느님께서 살펴 주시기를 바라옵니다.

더 이상 지체할 수가 없습니다.   (퇴장)

맥더프 부인   어디로 도망친단 말인가?

나는 남에게 아무 해도 끼치지 않았는데. 하지만 지금은

남에게 해를 끼치는 짓은 찬양받고 좋은 일을 하는 것은

위험할 정도로 어리석은 짓으로 여겨지는   75

이 속세에 살고 있음을 명심해야 한다. 아, 그렇다면

남에게 해를 끼친 적이 없다고 말하며 여인처럼

자기변호를 해봐야 뭐한단 말인가? 저들은 누구지?

암살자들 등장.

암살자1 네 남편은 어디 있느냐?

맥더프 부인 너희 같은 것들이 찾아낼 만한 불경한 곳에는   80

아니 계셨으면 좋겠다.

암살자1   그는 반역자다.

아들 거짓말 마라, 이 털북숭이 악당아.

암살자1   이 새끼가!
　반역자의 새끼 놈이!   (맥더프의 아들을 찌른다)
아들   이놈이 저를 죽여요, 어머니.
　도망가세요, 어서!
                    (아들이 죽자 맥더프 부인은 〈살인이야!〉 외치며
                              도망가고 살인자가 쫓아간다)

제3장
(영국, 왕궁의 어느 방)

맬컴 왕자와 맥더프 등장.

맬컴　우리 어디 그늘진 외딴 곳에 가서 실컷 울어
　우리의 슬픈 마음을 털어 냅시다.
맥더프   차라리 남자답게
　치명적인 칼을 꽉 부여잡고 몰락한 고국을 정복하소서.
　아침마다 새로 생긴 과부들 울부짖고
　새로 생긴 고아들 울어 대며   5
　새로운 슬픔들 하늘을 치니,
　하늘도 스코틀랜드와 함께 느끼듯 되울려 비통한 소리를
　질러 대고 있습니다.
맬컴   나도 믿을 수만 있다면 통곡하고,
　알 수만 있으면 믿겠으며, 바로잡을 것이 있다면

적당한 때를 보아 바로잡겠소.   10

그대가 한 말은 어쩌면 맞을지도 모르오. 하지만

이름을 거론하기만 해도 입에 물집이 잡히는 그 독재자도

한때는 정직했소. 그대도 그자를 사모하지 않았소?

그자는 아직 그대에게 아무런 해코지도 하지 않고 있소.

나는 아직 어리나 나를 이용해 그로부터 보상을 받고,   15

화난 신을 달랠 연약하고 불쌍하고 무고한 희생양을 바칠

지혜를 찾을 수도 있지 않겠소?

맥더프 저는 그런 배신자가 아닙니다.

맬컴   맥베스도 그랬소.

아무리 선하고 착한 성품도 왕권과 연루되면 변할 수 있소.

그러나 용서하시오. 그대가 그러리라고는 생각지 않소.   20

가장 빛나던 천사는 타락해도 여전히 빛나는 법.

사악한 것들이 모두 선한 표정을 짓지만

그래도 진정한 미덕만이

미덕으로 보이는 법이오.

맥더프   저는 희망을 잃었습니다.

맬컴 바로 그것 때문에 난 의심할 수밖에 없소.   25

어째서 그 소굴에 아내와 자식을 남겨 두고 온 거요?

삶의 가장 소중한 동기요,

가장 강력한 끈으로 연결된 처자식에게 작별 인사도 없이.

나의 불신으로 경을 모욕하려는 것이 아니라,

나 자신의 안위 때문에 이러는 거요. 내가 어찌 생각하든   30

경은 올곧은 사람일 수 있소.

맥더프   불쌍한 고국이여, 피를 흘려라!

지독한 폭정이여, 뿌리를 단단히 내려라.

아무리 선한 마음도 막지 못할 터, 마음껏 악행을 저질러라!

네 권리는 보증되었다 ─ 안녕히 계십시오, 폐하.

폐하께서 생각하시는 것과 같은 악한은 되지 않겠습니다.   35

저 폭군이 차지한 곳을 다 차지하고

풍요로운 동방까지 얻게 된다 해도요.

맬컴   노여워 마시오.

내가 경을 못 믿어 하는 말이 아니오.

우리 조국은 압제의 멍에에 깔려

울고, 피 흘리고, 매일매일 새로운 상처를 더하는 듯하오.   40

나에겐 내 편을 들어 줄 원군이 있고

자애로운 이곳 영국의 폐하께서도

수천만의 원군을 제안한 터요.

그러나 이 모든 것들에도 불구하고

내가 압제자의 머리를 짓밟고   45

그 머리를 내 검에 꽂으면

내 불행한 고국은 그 압제자의 후임 때문에

이전보다 더 사악한 일을 당하고, 더 다양한 방식으로

고통을 겪게 될 것이오.

맥더프   그 후임이 누구이옵니까?

맬컴 바로 나요. 내가 아는 한 내게는   50

모든 못되어 먹은 악덕들이 덕지덕지 붙어 있어

그것들이 다 밝혀지면 저 사악한 맥베스조차

눈처럼 희게 보일 거요. 그리고 불쌍한 국민들은
나의 끝없는 해악과 비교하면서 그를
희생양이라 여길 거요.

맥더프   그 어떤 끔찍한 지옥이라도   55
악덕이라는 점에서 맥베스를 능가할 악마가 나올 곳은
없사옵니다.

맬컴   나도 그가 잔인하고 사치스럽고 탐욕스럽고
위선적이고 속임수를 잘 쓰고 성급하고 악의적이며,
그 밖에도 명명할 수 있는 온갖 죄악들의 낌새를 지녔음을
인정하오. 그러나 나의 색욕은 끝이 없소.   60
그대의 아내, 딸, 시녀, 하녀를 다 가져도
내 색욕을 채울 수는 없을 거요.
그리고 내 욕망은 나의 의지에 반하는
모든 대륙의 방해물들도 다 뛰어넘을 것이오.
그런 자가 통치하는 것보다는   65
맥베스가 낫지 않겠소.

맥더프   한없이 무절제한 성격도
폭정임이 틀림없습니다. 그로 인해 많은 왕들이
때 아닌 때에 행복한 왕좌에서 물러나고 몰락해 왔습니다.
그러나 원래 폐하의 소유인 것을 지니는 것을
두려워하실 필요는 없사옵니다.   70
실컷 쾌락을 누리시고 동정인 체하셔도 됩니다.
그렇게 세상눈을 속일 수 있사옵니다.
기꺼이 폐하를 모실 여인들은 많사옵니다.

폐하가 아무리 탐욕스러우시더라도 자신의 몸을

폐하께 바치려는 그 많은 여인들을 다 집어삼키고도   75

부족하다 느낄 수는 없을 것이옵니다.

맬컴   그것 말고도

끝없는 탐욕 같은 아주 못된 성정도 내게는 자라고 있소.

그러니 내가 왕이 되면

나는 귀족들의 땅을 탐해 그들의 목을 베고

이자의 보석을 탐하는가 하면 저자의 집을 탐하고   80

가지면 가질수록 점점 더 허기가 져서

훌륭하고 충성스러운 신하들의 부를 빼앗으려

그들에게 부당한 시비를 걸어

파멸시켜 버릴 것이오.

맥더프   지금 말씀하신 탐욕은

여름철 한때의 색욕보다 더 뿌리 깊고 치명적인 것입니다.   85

우리의 많은 왕들이 그 때문에 살해되었습니다.

그러나 걱정 마십시오. 스코틀랜드는 폐하의 것만으로도

폐하의 욕심을 다 채울 정도로 풍부한 나라입니다.

다른 중요한 미덕들만 지니고 계시다면

이 모든 것들은 참을 수 있는 것들이옵니다.   90

맬컴 그러나 내게는 그런 미덕들이 하나도 없소.

왕에게 어울리는 정의도, 진실도, 자제력도, 끈기도,

아량도, 인내도, 자비도, 겸손함도, 신심도,

용기도, 불굴의 의지도, 내게는 하나도 없소.

대신 내게는 여러 가지 죄악들이 가득하여   95

온갖 방법으로 죄를 범하고 있소.

그러니 내가 만약 권력을 쥐게 된다면

화합이라는 달콤한 젖은 지옥에 쏟아 버리고

세상의 평화를 깨고 모든 단합을

교란시킬 것이오.

맥더프   오, 스코틀랜드여, 스코틀랜드여!   100

맬컴 이런 자가 나라를 다스리는 데 적합하다면 말해 보오.

나는 지금까지 말한 바로 그런 사람이오.

맥더프   적합하냐고요?

살아 계시기에도 적합지 않습니다. 오, 비참한 고국이여!

자격도 없는 독재자의 피 묻은 왕홀하에서

평안한 날들을 언제나 다시 볼 것인가?   105

그 왕좌의 진짜 후계자가 스스로 자신의 죄를 고발하고

그 혈통을 모욕하고 있으니.

폐하의 부왕께서는 대단히 성인 같은 통치자셨습니다.

폐하의 어머니이신 왕비마마께서는 서 계실 때보다

무릎 꿇고 기도하실 때가 더 많았으며   110

매일을 죽은 듯 사셨습니다. 안녕히 계십시오.

폐하 자신에 대해 반복해 말씀하신 그 악덕들로 인해

저는 스코틀랜드에서 추방되었습니다 — 오, 가슴이여,

너의 희망은 여기서 끝났도다.

맬컴   맥더프 경,

진심에서 우러나온 경의 고귀한 격정이   115

내 머릿속에서 시커먼 의혹을 씻어 주고

경의 진심과 명예를 믿게 했소.

악마 같은 맥베스는 수많은 음모로 나를 제 손아귀에

넣으려 해왔소. 그래서 나의 신중한 지혜가

쉽사리 남을 믿지 못하도록 하는 것이오.   120

그러나 하늘에 계신 하느님이 그대와 나를 묶어 주었으니

지금 당장 경의 결정에 나 자신을 맡기겠소.

나 자신에 대한 비난들을 모두 취소하며

나 자신에게 부여했던 모든 결점과 오점들은

내게는 모두 낯선 것들임을 맹세하는 바요.   125

나는 아직 여자도 모르고 위증한 적도 없으며

나 자신의 것조차 탐해 본 적이 없소.

신의를 저버린 적도 없고 악마라도 배신하지 않을 것이며

생명에서만큼이나 진실에서 기쁨을 느낄 것이오.

나 자신에 대한 그 말들은 내 생애 첫 거짓말이오.   130

진정한 나 자신은 경과 가련한 내 조국의 쓰임이오.

사실은 경이 이곳에 오기 전에 이미

노련한 시워드 장군이 1만의 용감한 군사들과 함께

스코틀랜드로 막 출발하였소.

이제 우리 함께합시다. 우리에게 정당한 이유 있으니,   135

그만큼 이 싸움에서 성공할 가능성도 있을 것이오.

왜 아무 소리 안 하시오?

맥더프 박대와 환영을 동시에 받으니

잘 정리가 되지 않사옵니다.

전의 등장.

맬컴   그럼 곧 다시 —
폐하께서 오시는가?   140

전의 그러하옵니다. 한 무리의 병든 영혼들이
폐하의 치료를 받기 위해 대기하고 있사옵니다.
위대한 의술의 힘을 무색하게 했던 그들의 병도
하늘이 내려 준 신성을 지닌 폐하의 손에 닿기만 하면
바로 치료되옵니다.

맬컴   고맙소, 전의.   (전의 퇴장) 145

맥더프 그분께서는 어떤 병을 치료하십니까?

맬컴   이른바
〈연주창〉[81]이라는 거요. 이곳 영국에 머무른 이래
나는 종종 훌륭한 영국 국왕께서
그러한 기적 같은 능력을 발휘하는 것을 보았소.
그분께서는 하늘에 탄원하는 법을 잘 알고 계시어   150
의학으로도 못 고치는, 눈뜨고 차마 볼 수 없을 정도로
퉁퉁 붓고 종기투성이인 병자들을 맞아
그들의 목에 황금 스탬프를 걸고 기도하여 치유하셨소.
그분은 이런 치유의 신통력을
다음 왕위 계승자에게 물려준다 하오.   155
이 외에도 신성한 예언 능력과 그 밖에

81 *scrofula*. 연주창은 예로부터 왕의 손이 닿으면 낫는 병으로 여겨졌으며, 따라서 〈*king's evil*〉이라고도 한다.

갖가지의 신통력이 그의 왕권을 빛내고 있어

그분은 신의 은총으로 가득 찬 인물로

여겨지고 있소.[82]

로스 등장.

맥더프   저기 누가 오는지 보십시오.

맬컴 우리 나라 사람이긴 하나 나는 잘 모르는 자요.   160

맥더프 훌륭한 사촌, 어서 오시오.

맬컴 이제 알겠군. 하늘이시여,

  우리를 낯설게 하는 것들을 제거해 주소서.

로스   아멘.

맥더프 스코틀랜드는 어떠하오?

로스   아, 불쌍한 나의 조국!

  알기가 두려운 지경입니다. 모국이 아니라 무덤이지요.   165

  바보를 빼고는 웃는 자를 찾아볼 수가 없습니다.

  대기를 찢는 한숨 소리, 신음 소리, 비명 소리가 들려도

  신경 쓰는 사람 하나 없습니다.

  비통함도 최근에는 흔해 빠진 감정처럼 여겨집니다.

  죽은 자를 위해 울리는 조종 소리가 들려도   170

  누가 죽은 것인지 묻는 사람 하나 없고

---

82 영국 왕을 치유와 예언 등 초자연적인 능력을 지닌 자로 미화함으로써 당대의 지배 이데올로기인 왕권신수설을 보여 주고 있다. 「맥베스」는 왕권신수설을 강력히 주창한 제임스 1세의 궁정에서 공연하기 위해 쓴 극이므로 그의 비위를 맞추기 위한 의도로 해석된다.

선한 자의 목숨은 모자에 꽂은 꽃보다도 빨리 시들어
병이 들기도 전에 죽고 맙니다.

맥더프   오, 그대의 말은
너무도 옳고 진실된 말이오.

맬컴   새로운 비보라도 있소?

로스 매분마다 새로운 소식이 탄생하니   175
1시간 전의 얘기를 하면 힐책을 당하옵니다.

맥더프   내 아내는?

로스 뭐, 잘 지내오.

맥더프   아이들도?

로스   잘 있소.

맥더프 그 폭군이 아직 그들을 건드리진 않았소?

로스 내가 떠날 때는 무사했소.

맥더프 그런데 왜 이리 말을 아끼시오? 무슨 일이오?   180

로스 무거운 소식을 전하러 이리로 올 때
몇몇 훌륭한 장수들이 전쟁에 나섰다는 소식이 있었소.
폭군의 군대가 진군하는 것을 보니
그 소식이 사실이었던 것 같소.
이제 도움이 필요한 때요. (맬컴 왕자에게) 전하께서   185
스코틀랜드에 모습을 보이시면 군대가 일어날 것이고
우리의 아낙들은 엄청난 절망을 벗어던지고
싸울 것이옵니다.

맬컴   과인이 그리 갈 테니 동포들은
안심해도 될 것이오. 자애로운 영국 왕께서

로스　과인을 위해 시워드 장군과 1만의 군사를 내주었소.　190
온 기독교 국가를 다 뒤져도 그처럼 원숙하고
훌륭한 장수는 없을 거요.

로스　　　　　　　　　　이런 큰 위안에 비견될 만큼
반가운 소식을 드릴 수 있다면 좋으련만. 하지만 소신은
아무도 듣지 않는 황야의 허공에나 대고 울부짖어야 할
그런 소식을 가지고 왔습니다.

맥더프　　　　　　　　　어떤 소식이오?　195
우리 모두에게 슬픈 소식이오, 아니면 특정인의 가슴에
특히 슬픈 소식이오?

로스　　　　　　정직한 이라면
누구나 슬퍼할 테지만
특히 장군이 가장 슬퍼할 소식이오.

맥더프　　　　　　　　　　나에 관한 것이라면
숨김없이 어서 말해 주시오.　200

로스　장군의 귀가 내 혀를 영원히 저주하지 않았으면 하오.
아마 장군의 귀가 지금까지 들은 것 가운데
가장 슬픈 소식일 테니.

맥더프　　　　　　아! 알 것 같소.

로스　장군의 성이 급습당해 부인과 아이들이
잔인하게 도륙당했소. 그 모습을 자세히 설명하는 것은　205
이미 살해당한 죄 없는 희생양들 위에 장군의 주검마저
보태는 일이 될 것이오.

맬컴　　　　　　오, 하늘이시여!

그대, 모자로 얼굴을 가리지 마시오.

슬픔의 말들을 토해 내시오. 말로 쏟아 내지 않고

마음에만 담아 두면 터지고 말 거요.   210

맥더프 아이들까지?

로스   부인과 아이들뿐 아니라 하인들까지

눈에 띄는 자는 모두 살해당했소.

맥더프   나만 벗어나 있었다니!

아내도 죽었다고?

로스   그렇소.

맬컴   진정하시오.

우리의 복수를 치료제로 삼아

이 엄청난 슬픔을 치유합시다.   215

맥더프 그에게는 자식이 없기 때문입니다.[83]

내 어린 것들을 모두? 모두 죽였단 말이오?

오, 지옥의 독수리 같으니. 모두? 내 어여쁜 병아리들과

어미 닭을 한꺼번에 덮쳤단 말이오?

맬컴 사내답게 이 일을 견뎌 주시오.

맥더프   그러하겠습니다.   220

하지만 인간으로서는 슬퍼해야겠습니다.

제게 가장 소중했던 것들을 잊을 수는 없사옵니다.

하늘은 그저 보고만 있었단 말인가?

---

83 맥베스에게 자식이 없기 때문에 자신의 자식들을 그렇게 잔인하게 도륙했다는 맥더프의 이 대사는 앞에서 맥베스 부인이 어린 아이에게 젖을 먹여 보았다고 한 대사와 상충하는 내용이다. 셰익스피어의 작품 속에는 간혹 이러한 오류들이 보인다.

죄 많은 맥더프, 그들은 오로지 나로 인해 당한 것이다.

난 얼마나 쓸모없는 존재인가.　　　　　　　　　　　　225

아무 죄도 없이 나 때문에 그들은 생명을 빼앗겼다.

하느님, 그들을 편히 쉬게 해주소서.

맬컴　이 일로 우리의 칼 연마합시다. 슬픔을 분노로 바꾸고

마음 무뎌지지 않게 분노의 불길을 당깁시다.

맥더프　오, 여자처럼 눈물 흘리고 소리 내어　　　　　　230

울부짖을 수 있다면 좋으련만. 자비의 신들이시여,

지체 없이 스코틀랜드의 그 악마와 대면하게 하소서.

내 칼이 미치는 곳에 그자를 놓아 주소서.

만약 그가 내 칼을 피한다면

하늘도 그를 용서하리라!

맬컴　　　　　　　　　그것이 사내다운 말이오.　　　235

가서 영국 왕을 배알합시다.

우리 군대는 출전 준비가 다 되었으니 출발만 남았소.

맥베스는 이제 흔들기만 해도 떨어지는 농익은 과실이오.

하늘의 권신들도 무기를 들었소. 기운 내시오.

아침이 오지 않는 밤만이 긴 법이오.　　　　(퇴장)　240

제5막

제1장
(던시네인, 성의 어느 방)

전의와 맥베스 부인의 시녀 등장.

전의 이틀 밤 동안 너와 함께 지켜보았건만 네가 말한 것과
같은 징후는 감지하지 못했다. 마지막으로 왕비마마께
서 깨어 걸어다니신 것이 언제였느냐?

시녀 폐하께서 전장으로 나가신 뒤부터 마마께서는 침대에
서 일어나 나이트가운을 걸치시고 궤짝을 열어 종이를   5
꺼내 접으신 뒤 그 위에 글씨를 쓰고 읽으셨습니다. 그
러고는 그걸 봉인하신 다음 다시 침대에 드셨습니다. 이
모든 행위를 깊이 잠든 상태에서 행하셨습니다.

전의 숙면의 혜택을 누리면서 동시에 깨어 있는 것처럼 행동
하시다니, 아무래도 무언가 마음에 심한 동요가 있으셨   10
던 것 같군. 그렇게 잠든 채 깨어 걸어다니시거나 기타

다른 행동들을 하시면서 어느 때든 무슨 말씀을 하시는
걸 들은 것이 있더냐?

시녀 하지만 왕비마마께서 하신 말씀을 전의님께 옮겨 전할
수는 없습니다. 15

전의 내게는 괜찮다. 아니, 다른 사람은 몰라도 내게만은 말
해야 한다.

시녀 제 말을 입증할 증거가 없기에 전의님뿐만 아니라 누
구에게도 못 하옵니다.

맥베스 부인이 촛불을 들고 등장.

보십시오. 마마께서 오십니다. 바로 저 모습이에요. 맹세
코 깊이 잠드셨어요. 가까이 가서 보십시오. 20

전의 저 촛불은 어디서 난 거냐?

시녀 늘 마마 곁에 켜놓습니다. 마마께서 계속 켜두라고 분
부하셨습니다.

전의 눈을 뜨고 계시지 않느냐? 25

시녀 하지만 보지는 못하십니다.

전의 지금은 뭘 하고 계시는 거냐? 가만, 손을 비비고 있는
것 아니냐?

시녀 왕비마마께서는 늘 저러십니다. 마치 손을 씻으시는
것처럼 행동하십니다. 한 15분 정도는 저러고 계시는 것 30
같습니다.

맥베스 부인 아직도 자국이 있어.

전의 쉿, 조용히! 말씀을 하시는구나. 조금이라도 더 잘 기억해 두기 위해 왕비마마의 입에서 무슨 말이 나오는지 받아 적어야겠다.

맥베스 부인 없어져라, 지긋지긋한 자국아! 없어져! — 하나, 둘. 이젠 시행할 시간입니다 — 지옥은 어둡죠 — 세상에, 나리, 장수가 두려워하시다니요? — 두려울 게 무엇이겠습니까? 아무도 감히 우리의 권력에 설명을 요구하지 못하는데, 누가 알겠습니까 — 하지만 그 늙은이에게 피가 그리 많으리라고 누군들 생각이나 했겠습니까?

전의 들었느냐?

맥베스 부인 파이프 영주에게는 아내가 있었는데 지금은 어디 있지? 뭐요, 이 손을 영원히 씻을 수 없다고요? 그만 좀 하세요, 나리. 그만 좀 하시라고요. 두려움 때문에 모든 걸 망치고 계시잖아요.

전의 자, 가자. 어서 가. 알아서는 안 되는 것을 알아 버리고 말았구나.

시녀 말씀하셔서는 안 되는 것을 왕비마마께서는 하십니다. 마마께서 알고 계시는 건 하늘만이 알 겁니다.

맥베스 부인 아직도 피 냄새가 나는구나. 온 아라비아의 향수를 쓴다 해도 이 작은 손에서 향기가 나게 할 수는 없겠지. 아! 아! 아!

전의 저렇게 한숨을 쉬시다니, 무척이나 마음이 무거우신 모양이로구나.

시녀 이 한 몸 아무리 권세를 누리게 된다 하더라도 저런 심

제5막 제1장 **127**

정을 가지고 싶지는 않습니다.

전의 그럼, 그렇고말고.

시녀 부디 나으시도록 해주세요, 전의님.

전의 왕비마마의 병은 내가 고칠 수 있는 것이 아니다. 하지 60
만 몽유병에 걸렸던 자들이 자신의 침대에 누워 경건하
게 죽었다는 얘기도 있긴 하다.

맥베스 부인 손을 씻고 나이트가운을 입으세요. 그렇게 창백
해 보여서는 안 돼요. 다시 말하지만 뱅쿠오는 땅에 묻
었으니 무덤 밖으로 나오지 못합니다. 65

전의 그런 짓까지?

맥베스 부인 어서 침대로 가세요, 침대로. 문 두드리는 소리
가 들려요. 자, 어서요, 어서. 손을 이리로 주세요. 엎질
러진 물은 주워 담을 수 없는 법이에요. 어서 침대로 가
세요, 침대, 침대로요.　　　　　　　　　　　　　(퇴장) 70

전의 이제 침대로 가시려나?

시녀 곧장요.

전의 끔찍한 소문들이 돌고 있어. 천륜을 어긴 행위는
비정상적인 고통을 낳는 법. 고통받는 영혼은
귀머거리 베개에라도 대고 비밀을 털어놓는 법. 75
왕비마마께는 의사보다도 신의 도움이 필요해.
신이시여, 우리를 용서하소서. 왕비마마를 보살펴 드려라.
그분의 고통을 일깨울 만한 것들은 모두 치우고
늘 주시해라. 자, 그럼 잘 자라. 왕비마마를 보니
마음이 산란해지고 시각이 놀랄 뿐, 떠오르는 것은 있으나 80

감히 입 밖에 내서는 안 된다.

시녀   안녕히 주무십시오.   (퇴장)

제2장
(던시네인 근처 시골)

북소리가 들리고 깃발이 휘날린다.

멘티스, 캐스니스, 앵거스, 레녹스와 병사들 등장.

멘티스   맬컴 왕자님이 이끄시는 영국군이 다가오고 있소.
왕자님의 숙부인 시워드 장군과 훌륭하신 맥더프 장군은
복수심에 불타고 있소. 그들의 고결한 대의명분이라면
죽은 사람이라도 깨어 피 흘리게 하고
암울한 공포 속으로 몰아넣을 것이오.

앵거스   버어남 숲 근처에서   5
그분들을 만납시다. 그리로 오고 계시오.

캐스니스   도널베인 왕자님도 함께 계시오?

레녹스   분명 아닐 거요. 함께 계신 모든 분들의 명단을
내가 가지고 있소. 거기에는 시워드 장군의 아들을 비롯해
막 남성이 됐음을 선언한, 수염도 나지 않은 젊은이들이   10
상당수 있소.

멘티스   그 독재자는 어쩌고 있소?

캐스니스   던시네인 성을 엄중히 지키고 있소. 어떤 이들은

그가 미쳤다고도 하고, 그를 별로 미워하지 않는 자들은
용맹스러운 분노라고도 하오. 그러나 분명한 것은
그가 자기의 병적인 광기를 자제심이라는 벨트 안에   15
묶어 두지 못한다는 사실이오.

앵거스   이제 그자도 자신의
은밀한 죄악이 손에 들러붙어 있음을 느낄 거요.
시시각각 일어나는 봉기가 그의 기만을 신랄하게 꾸짖고
그의 지배를 받는 자들은 충성이 아닌 두려움에 복종하오.
이제 그자도 자신의 왕권이   20
마치 난쟁이가 훔쳐 걸친 거인의 옷처럼
맞지 않음을 느낄 거요.[84]

멘티스   그러니 그의 고통받는 감각들이
움츠러들고 깜짝깜짝 놀란다고 비난할 것 뭐 있겠소?
그자의 마음조차 그자의 마음인 것을
저주하고 있는 터이니.

캐스니스   자, 진정 바쳐야 할 곳에   25
우리의 충성을 바치러 갑시다.
이 병든 나라를 치료해 줄 분[85]을 만나고
그분과 함께 우리의 피를 흘려
이 땅을 정화시킵시다.

레녹스   정통 왕조의 꽃이 만발하여

---

84 또다시 의복을 통한 정체성 은유를 사용하여, 맥베스가 왕이라는 위대한
자리에 걸맞은 인품이나 품성을 지니지 못했다는 사실을 나타내고 있다.
85 맬컴 왕자를 가리킨다.

잡초들을 익사시키도록 피를 흘립시다. ³⁰
버어남 숲을 향해 진군합시다.   （진군하며 퇴장）

제3장
(던시네인, 성의 어느 방)

맥베스, 전의, 시종들 등장.

맥베스   더 이상 보고는 필요 없다. 도망갈 테면 가라지.
  버어남 숲이 던시네인까지 움직이지 않는 이상
  나는 조금도 두렵지 않다. 맬컴이란 놈은 뭐냐?
  그놈은 여자가 낳은 자가 아니란 말인가?
  인간사를 다 알고 있는 영령이 내게 말했지. ⁵
  〈맥베스여, 두려워하지 말지어다.
  여자가 낳은 자 맥베스를 해하지 못하리니.〉
  겁쟁이 영주들은 모두 도망가 영국 향락주의자 놈들과
  한패가 되라 해라. 나를 지배하는 정신과 내가 지닌 마음은
  의심에 사로잡혀 주눅들지도, 두려움으로 떨지도 않는다. ¹⁰

신하 등장.

허옇게 질린 이 얼간이 놈, 악마가 시커멓게 그을려 줬으면.
왜 겁먹은 거위 얼굴을 하고 있냐?

신하 1만의 ──

맥베스   거위?

신하   군사들이 오고 있습니다.

맥베스 바늘로 얼굴을 찔러 네 두려움보다 붉게 물들여라.

  겁쟁이 녀석아, 병사라니, 이 광대 놈아? 풀죽은 영혼,   15

  허옇게 질린 네 낯짝 때문에 사람들이 더 겁먹겠다.

  무슨 병사란 말이냐, 허옇게 질린 놈아?

신하 영국군이옵니다, 폐하.

맥베스 내 눈앞에서 꺼져라!   (신하 퇴장)

                  세이튼 ── 저 꼴을 보니

  구역질이 날 것 같군 ── 세이튼!   20

  이번 전투는 내 힘을 북돋워 주거나

  아니면 나를 권좌에서 쫓아낼 것이다.

  나는 충분히 오래 살았고

  내 인생길은 말라빠진 누런 잎으로 변해 가고 있다.

  노년에 수반되어야 마땅할 명예와 사랑,   25

  복종과 친구들을 기대할 수는 없구나.

  대신 소리는 작아도 뿌리 깊은 저주와

  거부하고 싶어도 내 나약한 마음이 감히

  그러하지 못하는 입 발린 존경뿐 ── 세이튼!

                  세이튼 등장.

세이튼 부르셨습니까, 폐하?

132

맥베스   뭐 새로운 소식이 있느냐?   ₃₀

세이튼 모든 것이 보고드린 그대로임이 확인되었사옵니다.

맥베스 뼈만 남을 때까지 싸울 것이다.

  갑옷을 다오.

세이튼   아직 그러실 필요는 없사옵니다.

맥베스 입으련다.

  말을 더 내보내 방방곡곡을 순찰하게 하라.   ₃₅

  두려우니 어쩌니 떠드는 놈들의 목을 매라.

  갑옷을 다오. 왕비는 어떻소, 전의?

전의   괜찮으십니다. 폐하.

  너무 많은 생각 때문에 마음이 괴로우셔서

  편히 쉬지를 못하시옵니다.

맥베스   왕비를 치료해 주시오.

  마음의 병을 고치지 못한다면   ₄₀

  기억에서 뿌리 깊은 슬픔을 제거해 주시오.

  뇌에 박힌 고민들을 잘라 내달란 말이오.

  달콤한 망각의 약으로

  그녀의 마음을 억누르는 그 끔찍한 것들을

  가슴에서 씻어 내주시오.

전의   그런 경우에는   ₄₅

  환자 자신이 스스로를 통제해야만 하옵니다.

맥베스 그런 개뼈다귀 같은 의술, 난 필요 없으니

  개에게나 주시오 — 어서 갑옷을 입히고 지휘봉을 달라.

  세이튼, 내보내라 — 전의, 영주들이 도망치고 있소 —

어서, 병사들을 내보내라 — 할 수만 있다면   50
이 땅의 물이란 물을 다 써서라도 왕비의 병의 원인을
찾아 원래대로 건강하게 치료해 주시오.
그러면 그대 칭송받아 마땅하다고 높이 찬양할 테니.
대황, 취산 꽃차례, 그 어떤 설사제로도
영국 놈들을 이곳에서 씻어 낼 수는 없단 말인가!   55
그대는 그자들에 대해 들었소?

전의 예, 폐하. 폐하께서 출정 준비를 하신다는 소문을
들어서 알고 있사옵니다.

맥베스   들고 따라오시오.
나는 죽음 따위는 두렵지 않소.
버어남 숲이 던시네인으로 올 때까지는 말이오.   (퇴장) 60

전의 (방백) 던시네인에서 도망갈 수만 있다면
어떤 득이 있더라도 절대 돌아오지 않겠다.   (퇴장)

제4장
(던시네인 근처 시골)

북소리가 나고 깃발과 함께 맬컴 왕자, 시워드 장군,
맥더프, 시워드의 아들, 멘티스, 캐스니스, 앵거스, 레녹스,
로스 및 병사들이 행진해 들어온다.

맬컴 동지들! 이제 집에서 편히 지낼 날이

머지않았소.

멘티스　　　믿어 의심치 않습니다.

시워드　저 앞에 있는 것은 무슨 산이오?

멘티스　　　　　　　　　　　　　버어남 숲입니다.

맬컴　병사들로 하여금 나뭇가지를 잘라

　각자 앞에 들라 이르시오.　　　　　　　　　　　　　　5

　정탐꾼들이 우리의 규모를 파악하지 못하고

　숫자를 잘못 보고하도록.

병사　　　　　　　　분부대로 하겠사옵니다.

시워드　보아하니 저 자신만만한 폭군은

　던시네인 성에 처박혀 우리가 그 앞으로 갈 때까지

　기다릴 모양입니다.

맬컴　　　　　　그것이 바로 그가 바라는 바요.　　　　10

　누구든 기회만 주어진다면

　지위고하를 막론하고 폭동을 일으키려 하고,

　모두가 충성심이 아닌 마음에 없는 의무감으로만

　그를 모시고 있으니 말이오.

맥더프　　　　　　　　　우리의 잘잘못은

　결과더러 말하라 하고, 우리는 장수답게　　　　　　　15

　열심히 싸웁시다.

시워드　　　　　이제 올바른 판결이 내려져

　우리가 얻은 것과 빚진 것에 대해

　알게 될 시간이 다가오고 있소.

　머리로만 하는 생각은 불확실한 믿음만을 말해 줄 뿐,

싸움만이 확실한 결과를 알려 줄 것이니   20
그 결과를 위해 전쟁을 계속합시다.   (진군하며 퇴장)

제5장
(던시네인 성)

맥베스, 세이튼, 병사들이 북소리와 군기와 함께 등장.

맥베스 바깥 성벽에 우리의 군기를 내다 걸어라.
〈적이 온다〉는 고함 소리가 아직도 들리는구나.
우리의 성은 그들의 포위를 조롱할 정도로 견고하니,
그들더러 어서 와서 추위와 배고픔으로 쓰러지라 해라.
그들이 내 병사 놈들로 무장하지만 않았더라도   5
놈들과 직접 대적하여 집으로 도망가게 했으련만.
이게 무슨 소리냐?   (여자들의 통곡 소리)
세이튼 여인들의 통곡소리이옵니다, 폐하.   (퇴장)
맥베스 나는 공포의 맛을 거의 잊었다.
전에는 밤의 비명 소리만 들어도 간담이 서늘해지고   10
무서운 이야기만 들어도 머리카락 한 올 한 올이
마치 생명이라도 깃든 듯 곤두서곤 하던 때가 있었는데,
온갖 공포의 맛을 다 본 터라 내 살벌한 생각들에 친숙해져,
아무리 무서운 일도 더 이상
나를 놀라게 하지 못하는구나.

세이튼 다시 등장.

왜들 저리 통곡하는 거냐? 15

세이튼 폐하, 왕비마마께서 돌아가셨습니다.

맥베스 왕비도 언젠가는 죽어야겠지.

그런 소식을 언젠가 한 번은 들어야겠지.

내일도, 그다음 날도, 또 그다음 날도, 하루하루 기록된

시간의 마지막 순간까지 더딘 걸음으로 기어가는 거지. 20

우리의 어제는 우리 모두가 죽어 먼지로 돌아감을

바보들에게 보여 주지.

꺼져라, 꺼져, 단명하는 촛불이여.

인생은 걸어다니는 그림자일 뿐.

무대에서 잠시 거들먹거리고 종종거리고 돌아다니지만 25

얼마 안 가 잊히고 마는 처량한 배우일 뿐.

떠들썩하고 분노 또한 대단하지만,

바보 천치들이 지껄이는 아무 의미도 없는 이야기.

전령 등장.

네놈도 입을 나불대러 왔구나. 어서 말해라.

전령 자애로우신 폐하. 30

목격한 바대로 보고를 올려야 하오나

어찌 말을 해야 할지 모르겠사옵니다.

맥베스 그냥 해라.

전령 저 언덕 위에 서서 버어남 숲 쪽을 향해

　망을 보고 있었는데, 갑자기 숲이 움직이는 것처럼

　보였사옵니다.

맥베스　　　　　이 거짓말쟁이 노예 놈아!　　　　　35

전령 만약 사실이 아니면 죽여 주시옵소서.

　3마일 안에서는 숲이 오고 있는 것이 보일 것이옵니다.

　정말 숲이 움직입니다.

맥베스　　　　　　　　만약 거짓을 고한 것이라면

　산 채로 저 나무에 매달아 굶어 죽게 할 것이다.

　만약 진실이라면 네놈이 내게 똑같이 하여도 상관없다.　　40

　내 의지가 약해지고, 진실인 양 거짓말하는 악령들이

　한 입으로 두말한 것은 아닌지

　의심스러워지기 시작하는구나.

　〈두려워 마라, 버어남 숲이 던시네인에 올 때까지는.〉

　그런데 지금 숲이 던시네인을 향해 오고 있다니.　　　　45

　무장하라, 무장하고 나가 싸워라!

　저놈이 장담한 대로라면 도망을 가도,

　여기에 머물러 있어도 소용이 없다.

　이제 태양은 보기도 지겹다.

　세상이 무너져 버렸으면 좋겠구나.　　　　　　　　　50

　경종을 울려라! 바람아, 불어와 다 부수어 버려라.

　그대로 갑옷을 등에 걸친 채 죽으련다.　　　　　(퇴장)

제6장
(같은 곳, 성 앞 공터)

북소리와 함께 군기 등장. 맬컴 왕자, 시워드 장군,

맥더프가 나뭇가지를 든 병사들과 등장.

맬컴　이제 다 왔다.

다들 나뭇잎 가리개를 버리고 모습들을 드러내시오.

존경하는 숙부님, 나의 조카이신 고결한 아드님과 함께

우리의 첫 전투를 이끌어 주십시오.

맥더프 장군과 저는 순서에 따라　　　　　　　　　　5

뒷일을 처리하겠습니다.

시워드　　　　　　　　무사하시길 빕니다.

오늘 밤 폭군의 군대를 만나기만 한다면

죽을힘을 다해 싸우겠습니다.

맥더프　나팔을 불어라. 힘껏 불어라.

유혈과 죽음을 알리는 소란스러운 나팔을 울려라.　　10

(퇴장, 나팔이 울린다)

제7장
(같은 곳, 다른 공터)

맥베스 등장.

맥베스 저들이 나를 말뚝에 붙들어 맸구나. 이제 나는

　　도망갈 수도 없이, 곰처럼 힘든 과정을 싸워야 한다.[86]

　　여자가 낳지 않은 자 누구란 말이냐?

　　그자만 빼고는 아무도 두렵지 않다.

　　　　　　　　시워드 2세 등장.

시워드 2세 네놈, 이름이 뭐냐?

맥베스　　　　　　　들으면 무서워 벌벌 떨 거다.　　　5

시워드 2세 지옥에 있는 자보다 더 못된 자의 이름이라도

　　나는 무섭지 않다.

맥베스　　　　　나는 맥베스다.

시워드 2세 악마가 이름을 대도 내 귀에 그렇게

　　혐오스럽지 않겠구나.

맥베스　　　　　그래, 이보다 더 무서운 이름은 없지.

시워드 2세 거짓말 마라, 혐오스러운 폭군아. 내 칼로써　　10

　　거짓임을 보여 주겠다.　　　(싸우다가 시워드 2세 죽는다)

맥베스　　　　　네놈도 여자가 낳은 자로구나.

　　여자가 낳은 자의 것이라면 난 어떤 검도 무섭지 않고

　　어떤 무기도 조롱할 것이다.　　　　　　　(퇴장)

---

　　86 곰 놀리기*bear-baiting*는 당시 아주 인기 있는 오락거리였다. 곰을 나무 기
둥에 묶어 놓고 여러 마리의 개가 공격하게 하는 이 곰 놀리기에 대해 셰익스피어
는 작품에서 여러 번 언급하고 있다.

나팔 소리와 함께 맥더프 등장.

맥더프 저쪽이 소란스럽다 — 폭군아, 모습을 보여라.

네놈이 내 칼 아닌 다른 자의 칼에 죽는다면 15

아내와 내 자식들의 귀신이 내 곁에서 떠나지 않을 터.

나무칼이나 쥐기 위해 고용된 불쌍한 용병들을

나는 공격할 수 없다. 맥베스 네놈이 아니라면

날 선 내 칼은 아무도 베지 않고 칼집에 들어갈 터.

분명 저기에 있겠지. 20

소란스러운 낌새가 대단한 놈이 내는 소리 같다.

운명이여, 그저 그놈과 마주치게만 해다오.

그 이상 아무것도 바라지 않겠다.　　(퇴장, 경종이 울린다)

맬컴 왕자와 시워드 장군 등장.

시워드 이쪽입니다, 전하. 성은 쉽게 함락했습니다.

폭군의 군사들은 서로 싸우고, 25

훌륭하신 영주들은 용맹을 떨치고 있습니다.

오늘은 전하의 승리인 것 같습니다.

할 일도 별로 없사옵니다.

맬컴　　　　　　　　나의 편에 서서 싸우는

적군의 모습도 보았소.

시워드　　　　　　성으로 드십시오, 전하.

　　　　　　　　　　(퇴장, 경종이 울린다)

제8장
(전쟁터)

맥베스 등장.

맥베스 내가 로마 바보들처럼 내 칼에 죽을 이유가 뭔가?[87]
목숨이 붙어 있는 한, 한 놈이라도 더 상처 입히는 편이
훨씬 낫다.

맥더프 다시 등장.

맥더프   돌아서라, 지옥의 개야. 돌아서란 말이다.

맥베스 그 누구보다도 너만은 피해 왔다.
물러가라. 내 영혼은 이미 네 가족의 피로   5
너무 무겁다.

맥더프   내가 할 말은 하나도 없다.
내 칼이 내 할 말 대신할 터이니. 그 어떤 말로도
표현할 수 없는 잔인무도한 악당아!   (싸운다)

맥베스   헛수고 마라.
네놈의 그 날카로운 칼로 내 피를 보려 함은
창으로 하늘에 상처를 내려는 것과 같은 짓.   10
보다 약한 자나 쳐라.

87 로마의 명장들은 전쟁에 패했을 때 자결함으로써 명예를 지켰다.

여자가 낳은 자에게는 굴복하지 않는다는 마법이

내 목숨에 걸려 있다.

맥더프   그따위 마법은 포기해라.

네놈이 아직도 섬기는 그 천사들더러 네게 말하게 해라.

맥더프는 시간이 되기도 전에   15

어미의 배를 가르고 자궁으로부터 나왔다.

맥베스 그 입에 저주나 내려라. 그따위 말로

내 사내다움을 으르다니. 그리고 이중의 의미로

우리를 속이는 저 못된 요술쟁이 악마들의 말은

더 이상 믿지 말지어다. 그것들이 우리의 귀에   20

약속의 말들을 속삭이고는 우리의 희망을 깨버리는구나.[88]

나는 네놈과 싸우지 않으련다.

맥더프 그럼 겁쟁이처럼 항복하여

세상 사람들의 구경거리로 살아라.

우리는 네놈을 나무 기둥에 진기한 괴물로 그려 놓고   25

그 밑에 써놓을 테니.

⟨여기 폭군이 있도다⟩라고.

맥베스   항복하여 어린 맬컴의 발 앞에

머리를 조아리고 오합지졸의 욕을 듣지는 않을 테다.

비록 버어남 숲이 던시네인으로 오고

네놈이 여자가 낳은 자가 아니라 해도   30

88 여기서 맥베스는 마녀들의 교묘한 예언을 표현하기 위해 ⟨*equivocation*⟩을
사용하고 있다. 이는 말을 한 가지 이상의 의미로 사용하는 행위, 겉으로 드러난
표현과 다른 의미로 말하는 행위, 얼버무려 넘기는 행위를 뜻하는 단어로 셰익스
피어가 「맥베스」에서 처음 만들어 낸 신조어다.

끝까지 싸울 것이다.

내 몸을 가린 이 전사의 방패를 버리겠다.

자, 맥더프, 〈그만하라〉라고 먼저 외치는 자가

저주를 받을 것이다.   (싸우다가 맥더프의 칼에 죽는다)

제9장
(성안)

퇴각 나팔 소리와 함께 북과 군기 등장.

맬컴 왕자, 시워드 장군, 로스, 영주들, 병사들 등장.

맬컴 지금 보이지 않는 우군들이 무사히 돌아오길 비오.

시워드 몇 명은 죽을 수밖에 없습니다. 하지만 상황을 보니
   적은 희생으로 큰 승리를 거둔 듯합니다.

맬컴 맥더프 장군과 숙부님의 아드님이 보이지 않습니다.

로스 장군의 아드님은 용사로서의 값을 치렀습니다.   5
   그는 이제 막 성인이 되었지만
   조금도 물러서지 않고 용감하게 싸우다가
   사내답게 죽음으로서 스스로의 강함을
   보여 주었습니다.

시워드   그럼 내 아들이 죽었단 말이오?

로스 그렇습니다. 전쟁터에서 시신이 운구되었습니다.   10
   훌륭한 아드님이신지라 그 가치로 슬픔을 헤아린다면,

슬픔에 끝이 없을 것입니다.

시워드   앞쪽에 상처를 입었소?

로스 예, 정면입니다.

시워드   그렇다면 그는 신의 용사요!

　내 머리카락만큼이나 많은 자식을 가졌다 한들

　그보다 더 아름다운 죽음을 바랄 수는 없소.   15

　이것으로 애도는 끝이오.

맬컴   그의 가치에는 부족합니다.

　내가 더 애도하겠습니다.

시워드   그 정도면 됐습니다.

　훌륭히 전사했다니 제 몫을 한 셈입니다. 신이 그 아이와

　함께하길 바랄 뿐 — 저기 더 기쁜 소식이 옵니다.

　　　　맥더프가 맥베스의 머리를 들고 등장.

맥더프 이제 왕이 되셨으니, 국왕 폐하 만세!   20

　여기 찬탈자의 저주받은 머리를 보십시오.

　이제 사람들은 자유를 찾았고, 폐하는 이 왕국의

　보석들에 둘러싸여 계십니다. 저마다 마음으로

　폐하를 환영하고 있습니다. 다 같이 소리 높여 외칩시다.

　스코틀랜드 국왕 폐하 만세!

일동   스코틀랜드 국왕 폐하 만세!   25

　　　　　　　　　　　　　　　　　(나팔 소리)

맬컴 짐은 꾸물거리지 않고 그대들의 충심에

공정한 보답을 하겠소. 여러 영주들과 근친들이여,

그대들은 백작으로 봉하는 바이오.

이는 스코틀랜드에서 처음으로 내리는 작위요.

경계심 많은 폭군의 덫을 피해   30

국외로 망명한 자들을 불러들이고

이 죽은 살인마와 악마 같은 왕비의 — 그녀는

아마도 자신의 잔인한 손으로 스스로의 생명을

끊은 듯하오 — 잔인했던 앞잡이들을

색출하는 일과 함께, 이 시대에 맞게   35

새로이 이식해야 할 더 많은 일들은

신의 가호 아래

때와 장소와 방법에 맞게 시행할 것이오.

우선 여러분 한 분 한 분

모두에게 감사드리며   40

스쿤에서의 대관식에 초대하는 바요.[89]

(나팔 소리와 함께 퇴장)

89 「맥베스」는 대단히 치밀한 순환 구조를 이루고 있다. 역모가 발생하고 그 역모의 진압과 공신들에 대한 치하로 시작된 극은 또 다른 역모와 진압, 공신들에 대한 치하로 끝나며, 맥베스가 극 초반에 반역자 맥도널드의 목을 효시했듯이 극 말에는 맥더프가 또 다른 반역자 맥베스의 목을 효시한다.

허망한 인간의 욕망을 노래하다

셰익스피어는 위대한 비극을 많이 남겼다. 그리고 그의 비극 속 주인공들은 한결같이 고귀한 인물이지만 한순간의 잘못된 선택으로 비극적 파멸을 맞는다. 그들이 그러한 선택을 하는 것은 타고난 비극적 성격 때문이기도 하고 때로는 사악한 자들의 음모나 유혹에 넘어간 탓이기도 하다. 특히 셰익스피어의 대표작 속 비극적 상황은 고대 그리스나 로마의 비극과는 달리 운명에 의해서라기보다는 주로 등장인물들의 치명적인 성격적 결함으로 인해 발생한다. 욕망과 탐욕, 분노, 질투심, 복수심 등 인간 고유의 성정이 그들을 비극 속으로 끌고 가는 것이다. 아리스토텔레스가 『시학Poetics』에서 〈비극의 가치는 관객을 높은 도덕적 세계로 끌어올리는 데 있다〉고 썼듯이, 독자는 맥베스와 같은 고귀한 존재의 파멸에서 인간의 비극적 조건에 대해 두려움과 연민을 느끼고 이를 통해 카타르시스라는 마음의 정화에 도달하게 된다.

셰익스피어의 4대 비극 가운데 가장 나중에 완성된 「맥베스 Macbeth」는 권력의 야망에 이끌린 맥베스의 왕위 찬탈과 그것이 초래한 파멸을 그린 극이다. 셰익스피어는 홀린셰드Raphael

Holinshed의 『잉글랜드, 스코틀랜드, 아일랜드의 연대기 *The Chronicles of England, Scotland, and Ireland*』 중 스코틀랜드 편인 「맥베스 전기」를 원전으로 하여 이 극을 썼다. 「맥베스」는 전체 2,082행으로 셰익스피어의 비극 중 가장 짧고 전개가 대단히 빠르며 마녀, 유령, 예언, 마법과 같은 초자연적 요소들이 다른 작품보다 많은 것을 큰 특징으로 한다.

「맥베스」는 제임스 1세의 처남이자 덴마크의 국왕이었던 크리스티안 4세가 영국을 방문했을 때 궁정에서 초연된 것으로 알려져 있다. 그래서인지 이 극에서 셰익스피어는 의도적으로 제임스 왕의 조상과 관계가 있는 스코틀랜드의 역사를 다루었다. 제임스 1세가 극 중 인물인 뱅쿠오를 전설적 조상으로 삼는 스코틀랜드 스튜어트가(家) 출신이기 때문이다. 또한 극 속에서 마녀들이 맥베스에게 보여 주는 미래 왕들의 환영 가운데 두 개의 보주와 세 개의 왕홀을 든 자는 제임스 1세를 재현한 것으로 해석된다. 제임스 1세는 스코틀랜드와 잉글랜드에서 두 번의 대관식을 치러 보주가 두 개이며 영국, 스코틀랜드, 아일랜드를 모두 다스려 세 개의 왕홀을 지니고 있었다.

제임스 1세는 왕권신수설을 앞세워 누구보다 국왕의 절대 권력을 강조했던 왕이었으며, 따라서 「맥베스」는 〈국왕 시해와 왕권 찬탈이 부른 국가적 무질서와 찬탈자의 파멸〉을 표면적인 주제로 내세우고 있다. 이는 신역사주의 비평가들이 정전으로서의 셰익스피어 작품을 탈신비화시키는 과정에서 「맥베스」에 많은 비난을 쏟아 낸 이유이기도 하다. 신역사주의자들은 셰익스피어가 당대 지배 계급의 이익에 봉사하면서 체제 옹호적인 담론들을 생산, 또는 강화했다고 평가했는데 특히 왕권의 신성과 정통성이라는 통치 이데올로기를 옹호하고 확산시킨 극의 예로 「맥베스」를 들어 셰익스피어의 정치적 보수성을 입증했다. 일례로 대표적 신역사주의자로 분류되는 레너드 텐넌하우스Leonard Tennenhouse는 셰익스피어가 왕권을 신비화하고 합법적인 권력 행사와 관련된 기호와 상징들을 강화하는 방식으로 보수적인 이데올로기를 전파했으며, 그중 「맥베스」는 절대 권력을 찬양하는 왕권 찬가라고 주장하기도 했다.

신역사주의 비평가들의 주장처럼 실제로 셰익스피어 극들에는 당대의 지배 담론이 담겨 있다. 그래서 일부 극들의 내용은 현대의 독자들에게 거북하게 느껴지기도 한다. 예를 들어 위계질서를 중시한다거나 여성을 억압하고 폄하하는 내용, 특정 인종에 대한 편견을 드러내는 대사 등이 종종 보인다. 그의 많은 비극과 사극 속에서는 왕권에 대한 도전자와 기존 질서의 파괴자에 대해 여지없는 응징과 처벌이 가해지며 그들의 전복은 항상 봉쇄된다. 그래서 일부 비평가들은 셰익스피어가 지배 담론을 옹호하고 〈타자〉를 억압하는 목소리를 지닌 보수적인 작가라고 비난하는 것이다.

미셸 푸코가 주장했듯 그 어떤 작가도 당대의 지배적인 생각에서 자유로울 수 없는 법이고, 셰익스피어 역시 이 점에 있어서는 예외가 아니다. 게다가 셰익스피어 시대 극장의 대외적인 여건을 감안해 볼 때 연극이 일정 정도 보수성을 띠는 것은 불가피했을 것으로 보인다. 배우의 불안정한 신분과 궁정 및 지배 계급의 후원 제도, 공연물에 대한 권력 기관의 검열 등 억압적인 환경

속에서 연극은 (적어도 표면적으로는) 권력의 지배 이데올로기에 영합하지 않을 수 없었을 것이다.

그럼에도 불구하고 예나 지금이나 연극에는 은연중에 일탈적이고 무질서하며 체제 비판적인 요소가 담겨 있다. 신역사주의자들과 달리 문화 유물론자들은 셰익스피어 극 속의 이러한 전복적 요소들에 주목했다. 그들은 셰익스피어의 극들이 공인된 세계관을 전복시키고 풍자한다고 보았는데, 그의 작품의 가장 독특한 특징인 〈열린 텍스트〉라는 점이 그 근거가 된다. 셰익스피어는 대체로 적대적인 관계에 있는 두 세력의 목소리를 객관적으로 동시에 담아내며 작가 자신의 입장은 유보하는 경우가 많다. 분명히 지배 담론을 담아내고 있긴 하지만 억압받는 피지배 세력, 즉 타자의 목소리도 함께 담아내고 있는 것이다. 예컨대 셰익스피어의 작품 속에는 딸을 억압하는 아버지가 있는가 하면 그런 아버지의 억압이 부당하다고 주장하며 반항하는 딸의 목소리도 있다. 「베니스의 상인The Merchant of Venice」에 등장하는 유대인 샤일록은 탐욕스럽고 냉혹한 인물이긴 하지만, 기독교인들이 어떻게 유대인을 모욕하고 탄압했는지 절규하는 그의 목소리는 독자의 공감을 불러낸다. 결국 셰익스피어는 작품을 통해 당대 사람들의 보편적인 사고를 보여 주되, 비판적 거리를 유지하고 있다고 하는 편이 옳을 것이다.

「맥베스」 역시 표면적인 플롯만 보면 텐넨하우스의 주장처럼 왕권의 신성과 정통성이라는 전형적인 통치 이데올로기에 부합하는 작품이 된다. 이 극의 외형상의 줄거리는 왕을 시해하고 왕권을 찬탈한 독재자가 결국 파멸한다는 내용으로, 이 점에서만 보면

「리처드 3세 Richard III」와 아주 흡사하다. 극 중 리처드 3세 또한 권력욕에 사로잡혀 형제, 조카 등을 살해하고 왕권을 찬탈한 뒤 아내마저 살해하는 등 온갖 폭정을 일삼다가 보스워스 전투에서 리치먼드(후에 헨리 7세로 등극하여 튜더 왕조를 연다)에 의해 파멸당하는 존재로 나타나기 때문이다. 맥베스는 〈유혈을 통한 왕권 찬탈〉이라는 표면적 행위에 있어서는 리처드 3세를 닮았지만 표면 아래 흐르는 심리적 깊이는 그와 사뭇 다르다. 셰익스피어는 리처드 3세에게서는 발견할 수 없는 내적 갈등과 번뇌를 맥베스에게 부여함으로써 이 극을 심리학적이고 형이상학적인 차원으로 끌어올렸다.

이 극은 맥베스라는 인물을 통해 인간의 추악한 욕망, 그리고 그와 대결하는 고귀한 양심의 도덕적 갈등을 집중적으로 다루고 있다. 권력욕에 사로잡힌 맥베스는 셰익스피어 비극의 그 어떤 주인공보다 잔인하게 인류와 도덕을 저버리는 악인의 모습을, 동시에 악의 유혹에 저항하려는 한없는 도덕적 갈등을 보여 줌으로써 독자의 동정과 연민을 자아낸다. 왕의 시해라는 가공할 범죄를 저지르는 과정에서 맥베스는 환영과 환청에 시달리고 맥베스 부인 또한 몽유병 증세를 보이는 등 심한 정신적 고통을 받는다. 그로 인해 그들은 단순한 악인의 차원을 넘어 비극적 주인공의 반열에 서게 되는 것이다. 맥베스는 제어되지 않는 야망에 휘둘리면서도 도덕과 양심의 가책에 끊임없이 빠져들고 괴로워하며 인간성의 고귀함을 독자에게 보여 주고, 독자는 양심과 야심, 선과 악, 충성심과 역심 사이에서 시소 타듯 흔들리는 맥베스를 바라보며 그를 비난하기보다 연약한 인간의 본성에 연민을 보내게 되는 것이다.

이런 심리적 깊이뿐 아니라 극 전체를 지배하고 있는 역설 또한 표면적 플롯을 은밀히 해체하는 요소이다. 막이 오르며 등장하는 세 마녀들은 잠시 후 〈아름다운 것은 추한 것이요, 추한 것은 아름다운 것〉이라는 역설적인 말을 남긴 채 허공으로 사라진다. 사실상 「맥베스」는 처음부터 끝까지 이 역설을 입증하는 구조로 이루어져 있다. 독자는 고운 얼굴을 한 더러운 마음을 보게되고, 어제의 충신이 오늘의 역적이 되는 것을 목격하며, 맥더프의 경우처럼 정통 왕의 입장에서 볼 때는 충신이나 찬탈 왕 맥베스의 입장에서 볼 때는 역적이 되기도 하는 역설적 인물을 목도하기도 한다. 극 초반에 역모를 진압하던 충신으로서 역모자를 효시했던 맥베스도 막이 내릴 때는 스스로 반역자가 되어 효시된다. 또한 맥베스 부부에게 그토록 아름다운 것으로만 보이던 왕권은 막상 차지하고 보니 그들을 끝없는 불안과 공허감, 두려움으로 몰아넣는 추한 것이었다. 도입부에서 정통 왕권을 보존하기 위해 반란군을 진압하는 맥베스의 잔인한 모습이 전령의 입을 통해 묘사되는데, 셰익스피어는 맥베스의 반란 진압 장면을 의도적으로 잔혹하게 묘사함으로써 아름다운 정통 왕권 또한 유혈과 잔인한 무력을 통해 유지되는 것임을 드러내고 있다. 또한 신으로부터 부여받은 신성한 왕권의 정통성은 〈기만〉과 〈타협〉이라는 마키아벨리적 수단으로 권좌를 이어 가는 맬컴에 의해 오염된다. 이렇듯 「맥베스」의 구조는 이중적이고 순환적이며 이러한 반복과 순환을 통해 선이 악으로, 아름다운 것이 추한 것으로 변할수 있음을 보여 준다.

극의 많은 대사는 세상의 그 어떤 현상이나 사물에 대해서도 일차원적이고 이분법적인 해석을 유보한다. 또한 그 어떤 존재도 영원한 선도 영원한 악도 아니며, 외양과 내면이 유기적으로 결합되는 것도 아니라는 전체의 주제를 함축한다. 결국 도입부에 나타난 마녀들의 역설은 이 사회의 혼란스러운 가치를 단적으로 표현하는 대사인 셈이다. 이는 이분법적 사고 너머에 우리가 인식하지 못하는 아이러니가 존재함을 보여 주고 이 세상에 만연한 가치의 전도 현상을 집약적으로 표현해 보이기도 한다. 다시 말해 〈아름다운 것은 추한 것이요, 추한 것은 아름다운 것〉이라는 마녀들의 대사는 모순과 역설로 가득 찬 세상에 대한 셰익스피어의 철학적 명상이라 할 수 있다. 문학 이론가 테리 이글턴Terry Eagleton은 이러한 기호의 불안정성이 사회의 질서와 안정에 가치를 두는 셰익스피어의 정치적 이데올로기와 충돌함으로써 그 자체로 역설을 보여 준다고 주장하기도 했다.

마녀들의 예언이 사건의 단초를 제공하고 있는 이 극에서, 언어와 해석의 문제는 큰 비중을 차지한다. 장차 왕권을 차지하리라는 마녀들의 예언은 맥베스의 내면에 잠재되어 있던 무의식적 권력욕을 의식의 세계로 끌어내며, 마녀들의 애매모호한 예언을 처음 듣는 순간부터 맥베스는 그들의 언어에 사고와 행위를 지배당한다. 그래서 몇몇 비평가는 세 마녀가 맥베스의 마음속에 도사리고 있던 무의식을 형상화한 것이라고 주장하기도 한다. 이때 마녀들의 예언은 인간의 사고로는 온전히 이해할 수 없는 신탁(神託)과 같이, 표면적 의미 이면에 또 다른 의미가 숨겨져 있는 언어이다. 극의 마지막 부분에서 마녀들의 기만을 깨달은 맥베스는 그들의 언어를 〈*equivocation*〉이라는 단어로 규정하는데, 〈이중 의미로 말하기, 애매하게 말하기〉라는 의미를 지닌 이 단어는 셰익스피어가 만들어 낸 신조어다. 셰익스피어는 각별한 관심을 가지고 여러 신조어들을 만들었는데, 특히 이 단어는 그가 언어의 다중적 의미와 그로 인한 〈완벽한 해석의 불가능〉이라는 측면에 관심이 많았다는 사실을 보여 준다.

마녀들의 언어 외에 맥베스의 비극적 행동을 유발시키는 또 다른 것으로 맥베스 부인의 언어가 등장한다. 그녀는 맥베스의 유약함을 비꼬기도 하고 사내다움을 들먹이기도 하며 조롱, 격려, 비난으로 그를 자극함으로써 던컨 왕의 시해로 몰아간다. 맥베스 부인은 여러 가지 면에서 마녀들과 긴밀히 연결되어 있다. 맥베스의 편지를 받은 뒤 그녀는 왕의 시해라는 무서운 계획을 실행하기 위해 자신에게서 여성적인 면을 제거해 달라고 악령들에게 기도를 올리는데, 그럼으로써 마녀들의 수염과 함께 여성성을 전복시키고 성(性)을 애매모호하게 만든다. 그리고 맥베스가 인버네스 성으로 돌아오자 그녀는 〈위대한 글램즈 영주여, 훌륭한 코더 영주여, 다가오는 인생에서는 그 둘보다 더 위대한 이름으로 불리실 분이여〉라는 말로 그를 영접한다. 이는 마녀들이 황야에서 맥베스를 영접하면서 했던 인사의 반향으로 그녀와 그들과의 긴밀한 연관성을 보여 주는 대사라 할 수 있다. 맥베스 부인은 이렇듯 마녀들이 사라진 곳에서 그들의 역할을 계속하며 마녀들이 불붙인 맥베스의 야망이 도덕적, 윤리적 명상과 갈등으로 꺼져 갈 때마다 그 불꽃을 되살린다.

극 초반 맥베스의 유약한 모습과는 달리 몰인정하고 담대하던 맥베스 부인은 후반으로 가면서 점점 맥베스와 성격이 도치된다. 맥베스와 맥베스 부인의 성격 변화에서도 역설은 발생한다. 셰익스피어는 맥베스와 맥베스 부인의 언행을 완전히 도치시키는 극 구조를 통해 전체 극이 추구하는 역설을 완벽하게 강화하고 있는 것이다. 초반 맥베스의 유약한 모습과 대조를 이루며 대담하고 상상력이 결핍된 몰인정한 인물로 그려지던 맥베스 부인은 후반으로 가면서 밀려드는 온갖 공상과 자책감에 시달리며 괴로워한다. 던컨 살해 후 맥베스에게 물 조금만 있으면 손에 묻은 핏자국 정도는 쉽게 씻어 낼 수 있다고 말하던 그녀가 나중에는 계속해서 손을 씻는 행동을 하며, 맥베스에게 잠을 잘 것을 권유하고 퇴장했다가 제5막 제1장에서는 그 자신이 몽유병에 걸린 채 등장한다. 그런 그녀의 모습은 독자로 하여금 극 초반에는 느낄 수 없었던 비애감을 유도한다. 반면 반역 콤플렉스에 휩싸인 맥베스는 점점 저돌적이고 냉혹한 살인마로 변모해 가는데, 결국 심리적 부담감을 견디지 못한 맥베스 부인은 스스로 목숨을 끊고 그런 부인의 사망 소식을 들은 맥베스는 삶과 욕망의 허망함을 다음과 같이 탄식한다.

맥베스 왕비도 언젠가는 죽어야겠지.
그런 소식을 언젠가 한 번은 들어야겠지.
내일도, 그다음 날도, 또 그다음 날도, 하루하루 기록된
시간의 마지막 순간까지 더딘 걸음으로 기어가는 거지.
우리의 어제는 우리 모두가 죽어 먼지로 돌아감을
바보들에게 보여 주지.

꺼져라, 꺼져, 단명하는 촛불이여.
인생은 걸어다니는 그림자일 뿐.
무대에서 잠시 거들먹거리고 종종거리고 돌아다니지만
얼마 안 가 잊히고 마는 처량한 배우일 뿐.
떠들썩하고 분노 또한 대단하지만,
바보 천치들이 지껄이는 아무 의미도 없는 이야기.

바라는 것을 차지했지만 자신들 죄악에 대한 양심의 가책으로 기쁨은커녕 고통 속에서 죽어 가는 맥베스와 맥베스 부인의 모습은 셰익스피어가 남긴 불멸의 교훈이다. 독자는 권력에 대한 야망으로 악에 물들어 가는 그들의 모습과 왕의 암살 후 그들을 괴롭히는 공허감과 죄책감을 지켜보며, 인간 야망의 허상을 절실히 깨닫게 되기 때문이다. 이로 인해 우리는 이 극이 단순히 왕권 찬탈의 패악을 그리는 작품이 아님을 확인하게 된다. 셰익스피어는 〈역설〉이라는 글쓰기를 통해 맥베스의 외적 행위와 내적 갈등의 경계를 넘나들면서, 이 극을 지켜보고 있는 제임스 1세 앞에서 권력 옹호적 주제를 은밀히 해체하고 있는 것이다. 즉 왕권신수설이라는 지배 이데올로기에 영합하는 단순한 차원을 뛰어넘어 〈모든 존재의 양가적 성격〉이라는, 보다 형이상학적이고 인류 보편의 주제로 나아가는 것이다.

이런 셰익스피어의 전략적 글쓰기로 인해 그의 작품의 주제와 결론은 늘 난해하고 모호하며 우리의 판단에서 빠져나간다. 셰익스피어가 체제 옹호적인 작가인지 체제 전복적인 작가인지에 대한 논쟁이 끊이지 않는 이유도 여기에 있다. 그는 마녀들처럼 표면적 의도와 내면적 의도가 서로 다른 내용의 극을 쓰는 〈*equivocator*〉인 셈이다. 결국 이 극에서 왕권의 신성함과 절대성을 강조하는 플롯이 셰익스피어가 짠 직물의 앞면이라면, 그러한 독단적이고 폐쇄적인 사고 이면에 흐르고 있는 불확실성과 가치 판단의 부재 등을 보여 주는 언어 전략인 〈역설〉은 그 뒷면이라 할 수 있을 것이다.

역자에게 있어 「맥베스」는 셰익스피어의 극 중 가장 애정이 가는 작품이다. 이런 개인적인 이유로 인해 이 극의 번역은 애틋함과 즐거움, 잘 해내고 싶다는 욕망이 뒤섞인 복잡한 심경으로 이루어졌다. 이미 유수의 셰익스피어 학자들이 번역본을 내놓은 터라 부담 또한 적지 않았다. 하지만 그동안 학생들로부터 좋은 번역본을 추천해 달라는 요구를 받았을 때 선뜻 권해 줄 만한 번역본을 떠올릴 수 없었던 경험들이 이 번역에 착수하도록 만들었다.

셰익스피어의 희곡들은 줄거리가 있는 운문이라는 점 때문에 여느 문학 작품과 달리 번역이 단순하지 않고 까다로운 편이다. 기존의 번역본들은 다들 나름의 추구하는 방향과 번역 전략을 갖고 시도한 것들이다. 어떤 번역본은 셰익스피어 대사들을 완전히 시적으로 번역하였고, 또 어떤 번역본은 아예 시행은 무시한 채 플롯 전달에 중점을 두고 있다. 전자의 경우는 셰익스피어의 대사를 아름다운 시로 승화시켰다는 것이 장점이나 줄거리 전달에 있어서 그 한계를 지니고 있다. 또 후자는 줄거리는 쏙쏙 들어오나 운문극으로 쓴 셰익스피어의 문학성을 절반밖에 전달하지 못한다는 점에서 아쉬움이 남는다. 물론 이 두 마리 토끼를 모두 잡으려 시도한 번역본들도 최근에 여럿 등장하고 있다.

역자 또한 최대한 셰익스피어의 시행과 비유를 살려 내면서 줄거리를 가독성 있게 전달하려 노력했다. 하지만 셰익스피어 대사의 시적 운율이나 비유 등을 완벽히 살려 내는 데에는 역부족이었음을 고백한다. 우리말 표현에 있어서 고답적인 어휘들은 가급적 지양하고 쉬운 우리말로 옮기려 노력했다. 또한 셰익스피어가 수시로 사용하는 신화나 고전, 성서 등의 인유는 각주를 달아 성실히 설명하고자 했다. 미흡하지만 이런 노력들이 셰익스피어를 맛보고자 하는 독자들에게 그 가치를 조금이나마 전달해 줄 수 있기를 기원한다.

권오숙

윌리엄 셰익스피어 연보

1558년 엘리자베스 1세 등극.

1564년 출생 영국 스트랫퍼드어폰에이번에서 부유한 상인인 존 셰익스피어John Shakespeare와 메리 아든Mary Arden의 셋째 아이이자 장남으로 윌리엄 셰익스피어William Shakespeare 태어남. 4월 26일 세례를 받음. 동료 작가 크리스토퍼 말로Christopher Marlowe도 이해에 태어남.

1573년 9세 후에 사우샘프턴 백작Earl of Southampton이 되어 셰익스피어를 후원하는 헨리 리즐리Henry Wriothesley 태어남.

1576년 12세 영국 최초의 공공 극장인 〈씨어터 극장The Theatre〉이 건립됨.

1582년 18세 여덟 살 연상인 앤 해서웨이Anne Hathaway와 결혼.

1583년 19세 장녀 수잔나Susanna 태어남. 5월 26일 세례를 받음.

1585년 21세 쌍둥이 아들 햄닛Hamnet과 딸 주디스Judith 태어남.

1587년 23세 영국으로 망명와 있던 스코틀랜드의 메리 여왕Mary Stuart이 반란 혐의로 처형됨.

1588년 24세 프랜시스 드레이크 경Sir Francis Drake이 스페인의 무적함대인 아마다Armada를 무찌름.

1589년 25세 「헨리 6세Henry VI」 제1부 집필.

1590~1591년 26~27세 「헨리 6세」 제2부와 제3부 집필.

1592년 28세 극작가 로버트 그린Robert Greene이 〈많은 후회로 얻은 서 푼짜리 기지A Groatsworth of Wit bought with a Million of Repentance〉 라는 제목의 팸플릿에서 셰익스피어의 유명세를 비난함. 런던에 흑사병이 창궐하여 7월부터 1594년 6월까지 극장 폐쇄. 극단들은 지방 순회공연을 다 님. 「리처드 3세Richard III」, 시집 『비너스와 아도니스*Venus and Adonis*』, 「실수 희극The Comedy of Errors」 집필.

1593년 29세 후원자인 사우샘프턴 백작에게 헌정한 『비너스와 아도니스』 출간. 「타이터스 앤드로니커스Titus Andronicus」, 「말괄량이 길들이기The Taming of the Shrew」 집필.

1594년 30세 시집 『루크리스의 겁탈*The Rape of Lucrece*』 출간, 역시 사 우샘프턴 백작에게 헌정함. 「베로나의 두 신사Two Gentlemen of Verona」, 「사랑의 헛수고Lover's Labour's Lost」, 「존 왕King John」 집필. 여왕의 전 의(典醫)인 로페즈Rodrigo López가 여왕 독살 혐의로 처형됨. 〈궁내 장관 극단The Chamberlain's Men〉이 창설됨.

1595년 31세 「리처드 2세Richard II」, 「로미오와 줄리엣Romeo and Juliet」, 「한여름 밤의 꿈A Midsummer Night's Dream」 집필.

1596년 32세 아버지 존 셰익스피어가 문장(紋章) 사용을 허가받아 〈신사〉 로 서명할 수 있게 됨. 아들 햄닛이 사망함. 「베니스의 상인The Merchant of Venice」과 「헨리 4세Henry IV」 제1부 집필.

1597년 33세 스트랫퍼드의 대저택 뉴플레이스를 매입함. 「윈저의 즐거운 아낙네들Merry Wives of Windsor」 집필. 〈글로브 극장The Globe〉 설립.

1598년 34세 「헨리 4세」 제2부, 「헛소동Much Ado About Nothing」 집필.

1599년 35세 「헨리 5세Henry V」, 「줄리어스 시저Julius Caesar」, 「좋으실 대로As You Like It」 집필. 에섹스 백작The Earl of Essex이 아일랜드 평정

에 실패한 후 여왕의 명에 반하여 귀국했다가 연금됨. 풍자물 출판 금지령이 선포됨.

1600년 36세 「햄릿Hamlet」 집필.

1601년 37세 1600년에 석방된 에섹스 백작이 쿠데타를 일으키기 전날 밤 「리처드 2세Richard II」의 공연을 요청함. 쿠데타 후 에섹스 백작은 반란죄로 처형되고 셰익스피어의 후원자인 사우샘프턴 백작도 이 반란에 연루되어 수 감됨. 「십이야Twelfth Night」, 「트로일로스와 크레시다Troilus and Cressida」 집필.

1602년 38세 「끝이 좋으면 다 좋아All's Well That Ends Well」 집필.

1603년 39세 엘리자베스 1세 사망. 스코틀랜드의 제임스 6세가 제임스 1세로 등극하여 스튜어트 왕조 시작. 〈궁내 장관 극단〉의 명칭이 〈왕의 극단King's Men〉으로 바뀜.

1604년 40세 「자에는 자로Measure for Measure」, 「오셀로Othello」 집필.

1605년 41세 「리어 왕King Lear」 집필. 11월 5일 제임스 1세의 가톨릭 박해 정책에 항거하여 영국에서 가톨릭교도들이 의사당 지하실에 화약을 묻어 놓고 제임스 1세의 가족과 대신, 의원들을 죽이려 한 이른바 〈화약 음모 사건Gunpowder Plot〉이 발생함.

1606년 42세 화약 음모 사건의 주동자인 포크스Guido Fawkes와 예수회 신부 가네트Henry Garnet가 처형됨. 「맥베스Macbeth」, 「안토니와 클레오파트라Antony and Cleopatra」 집필.

1607년 43세 「코리오레이너스Coriolanus」, 「아테네의 타이먼Timon of Athens」, 「페리클레스Pericles」 집필.

1609년 45세 「심벌린Cymbelin」 집필. 『소네트집Sonnets』 출간.

1610년 46세 「겨울 이야기Winter's Tale」 집필.

1611년 47세 「태풍Tempest」 집필.

1612년 ^{48세} 존 플레처John Fletcher와 함께 「헨리 8세Henry VIII」집필.

1613년 ^{49세} 존 플레처와 함께 「고결한 두 친척The Two Noble Kinsmen」집필. 「헨리 8세」공연 중 화재로 글로브 극장이 소실됨.

1614년 ^{50세} 글로브 극장 재개관.

1616년 ^{52세} 딸 주디스 결혼. 4월 23일 윌리엄 셰익스피어 사망.

1623년 셰익스피어의 아내 앤 해서웨이 사망. 존 헤밍John Heminges과 헨리 콘델Henry Condell에 의해 36개의 극이 수록된 최초의 극전집 『제1이절판The First Folio』 출간.

열린책들 세계문학 155 맥베스

옮긴이 권오숙 한국외국어대학교 영어과를 졸업하고 동 대학원에서 박사 학위를 받았다. 현재 한국외국어대학교, 덕성여자대학교, 경희대학교에서 영문학을 강의하며 셰익스피어에 대한 연구를 중심으로 다양한 저술 활동을 하고 있다. 셰익스피어에 관한 연구 논문 「말괄량이 길들이기: 여성 정체성 형성의 작위적 과정」, 「리어왕: 봉건적 이데올로기와 신흥 자본주의 이데올로기의 충돌」 등을 발표했고, 지은 책으로 『셰익스피어 그림으로 읽기』, 『셰익스피어와 후기 구조주의』(문화체육관광부 우수 학술 도서), 『여성 문화의 새로운 시각』(공저, 문화체육관광부 우수 학술 도서) 등이, 옮긴 책으로는 『햄릿』, 『살로메』, 『엄마에게 쓰는 편지』 등이 있다.

지은이 윌리엄 셰익스피어 **옮긴이** 권오숙 **발행인** 홍예빈·홍유진
발행처 주식회사 열린책들 **주소** 경기도 파주시 문발로 253 파주출판도시
전화 031-955-4000 **팩스** 031-955-4004 **홈페이지** www.openbooks.co.kr
Copyright (C) 주식회사 열린책들, 2010, *Printed in Korea.*
ISBN 978-89-329-1155-7 04840 **ISBN** 978-89-329-1499-2 (세트)
발행일 2010년 12월 30일 세계문학판 1쇄 2024년 8월 10일 세계문학판 11쇄

이 도서의 국립중앙도서관 출판예정도서목록(CIP)은 서지정보유통지원시스템 홈페이지(http://seoji.nl.go.kr)와 국가자료공동목록시스템(http://www.nl.go.kr/kolisnet)에서 이용하실 수 있습니다.(CIP제어번호:CIP2010004653)

열린책들 세계문학
Open Books World Literature